Breaking News

Nouvelles à chut(e) qui font du bruit

De la même autrice

La sagesse des dents qui tombent, recueil de nouvelles, autoédité chez BOD, août 2024.
Breaking News, recueil de nouvelles (première édition) autoédité chez Librinova, juillet 2021.
La complainte du Belzébuth, pièce de théâtre publiée chez l'Harmattan, janvier 2021.
Bille de clown et *Piège de collection*, nouvelles publiées dans le recueil collectif *6000 signes, espaces comprises,* décembre 2019.

Sabrina Péru

Breaking News

Nouvelles à chut(e) qui font du bruit

« Tous droits de reproduction, d'adaptation et de traduction, intégrale ou partielle réservés pour tous pays. L'auteur ou l'éditeur est seul propriétaire des droits et responsable du contenu de ce livre. Le Code de la propriété intellectuelle interdit les copies ou reproductions destinées à une utilisation collective. Toute représentation ou reproduction intégrale ou partielle faite par quelque procédé que ce soit, sans le consentement de l'auteur ou de ses ayants droit ou ayants cause, est illicite et constitue une contrefaçon, aux termes des articles L.335-2 et suivants du Code de la propriété intellectuelle. »

© 2025 Sabrina Péru
Édition : BoD · Books on Demand,
31 avenue Saint-Rémy, 57600 Forbach, bod@bod.fr
Impression : Libri Plureos GmbH,
Friedensallee 273, 22763 Hamburg (Allemagne)
ISBN : 978-2-3225-5324-2
Dépôt légal : avril 2025

©Couverture élaborée sur Canva - Easy Cover

Vienne la nuit, sonne l'heure, des gens s'amusent, d'autres meurent.
Francis Blanche

Avant-propos

Ce recueil a vu le jour pour la première fois en juillet 2021. Je sortais d'une formation à l'écriture de nouvelles, où nous devions goûter à tous les genres. Une seule contrainte : 6000 signes, pas un de plus. En parallèle, je participais à de nombreux défis littéraires. J'ai ainsi réalisé que, peu importe que mon texte se déroule au Moyen-Âge ou sous format policier, le même désir s'exprimait : jouer sur la musicalité d'un texte, s'autoriser la fantaisie, côté mots ou poésies, créer un effet de surprise pour inciter à relire *entre les lignes*. Et surtout, sous la couche d'humour et d'expérimentations, les mêmes marottes surgissaient : relations malaisées, réseaux sociaux obstinés, rêves anesthésiés esprits surchauffés, cœurs délaissés, cerveaux alcoolisés… dépeignant en somme l'humain dans toutes ses fragilités, le monde dans son absurdité.

Aujourd'hui, en reprenant ces 24 nouvelles, je ressens à la fois la rage d'écrire ces textes mais surtout son exaltation et sa joie. Car si le fond n'est pas toujours rose, la forme ne s'est jamais voulue morose ! J'ai ainsi gardé l'essence de Breaking News, parce que ce recueil a marqué une étape dans mon chemin d'écriture, et car dans un monde où il n'y aura peut-être plus de pétrole, j'ai encore plus envie qu'on en rigole.

Breaking News éveillera des questions. Je n'ai toujours pas les réponses, ni en 2021, ni en 2025 pour cette nouvelle version ! Hélas, entretemps, le Covid est venu puis reparti, Twitter s'est transformé en X, et on envisage Mars plutôt que de sauver ce bon vieux monde un peu étrange dans lequel nous autres, humains et poissons, essayons de cohabiter. Si cette lecture ironiquement expérimentale vous redonne le sourire et foi en l'humanité, alors, c'est que l'Ogre techno-capitaliste n'a pas encore gagné.

Mary Christmas

7 h 55, édition spéciale

— Vous n'êtes qu'une bande d'ordures ! s'égosillait-il sous le regard ahuri des passants vissés derrière leur smartphone. Et pour cause ! Ce n'était pas tous les jours que l'on voyait un Père Noël perdre la boule. Une chaîne télévisée, FBM (à qui la concurrence avait donné le sobriquet de *Filme Bordel de Merde*) avait déjà été dépêchée sur place, arborant pas peu fièrement son bandeau tout trouvé pour l'occasion : « Hotte News ». C'est qu'un Père Noël sans traîneau, voilà un excellent sujet à glisser sous le sapin, il s'agirait de pas traîner.

*

Du plus loin qu'il se souvienne, Jack avait toujours voulu être Père Noël. Quand, dès la maternelle, la maîtresse interrogeait – question sempiternelle – les élèves sur le métier de leurs rêves et que les enfants lançaient de tonitruants « vétérinaire » (comme le grand-père) ou *TouYubeur* (comme le grand frère), lui ne changeait jamais. « Père Noël » qu'il disait. Les professeurs pensaient que c'était mignon, les camarades, que ce n'était pas con, et les parents, que bon, ça passerait. Ça n'était pas passé. En témoignait une ancienne boîte à sucre où Jack conservait toutes les photos dédicacées des Pères Noël sur les genoux desquels il ne manquait jamais de s'asseoir, observant la nuit à la lueur de sa lampe frontale, mimiques, rires, gestes qui trahissaient l'expert. Un jour, ce serait lui qui porterait le collier de barbe blanche et la collection de bibelots aux bambins.

Les 24 décembre se succédèrent et lorsque les enfants grandirent et se tournèrent vers des professions plus nobles dans le commerce et le marketing, Jack, lui, maintint la même dévotion envers sa première vocation. C'est ainsi que naturellement – au grand désespoir de ses géniteurs – il entra en CAP de Père Noël pour se former aux ficelles du métier.

La première année se déroula sans accroc. Jack apprenait plutôt vite et bientôt les aspects théoriques furent assimilés, aussi précis qu'un fac-similé. Il finit major de sa promo et remporta de nombreuses distinctions tout au long des trimestres scolaires, dont un sculptural renne en bois brut pour son projet de Noël écologique – très avant-gardiste pour le milieu. En deuxième année, Jack avait tout juste 17 ans, il commença enfin un stage sur le terrain, chez *PerNo & Co*. Gontran, le patron, était un homme un brin bourru, au ventre si bedonnant qu'il ne pouvait plus passer par la cheminée depuis belle lurette. À l'époque, tous les médecins lui avaient vivement conseillé de suivre un régime à base de légumes de la famille des Brassicacée, ou bien de changer de métier. Le patron avait aussitôt trouvé la parade : il envoya les minots au charbon. Plus besoin de se tordre le cou dans les conduits ni de se farcir du chou tous les midis, car oui, avait-il découvert, surpris, les Brassicacée n'étaient que le nom ronflant, entre autres, du chou-fleur : il n'avait plus jamais mis les pieds dans un cabinet médical ni dans une cheminée familiale.

Le petit Jack l'avait étonné. Gontran en avait vu défiler des grands rêveurs qui devenaient vite de petits poseurs dès qu'il fallait s'attaquer à des tâches ingrates comme l'attelage des rennes ou l'empaquetage des cadeaux. Mais Jack, lui, qu'il pleuvote, qu'il grelotte ou qu'il flotte – on était en Bretagne, à Rennes, bien entendu – n'avait jamais manqué un seul jour de travail ! L'adolescent lui ressemblait beaucoup, à ses débuts. Lui aussi avait eu les mêmes rêves dans la tête et les mêmes étoiles dans les yeux quand il avait entamé son apprentissage. Ça avait duré quelque temps, puis il avait vieilli, avait perdu la foi en même temps que ses premiers cheveux. Finalement, ça l'avait ému un peu, il devait l'admettre, de se voir comme dans un miroir déformant. Il avait été triste de voir le petit partir à la fin de son stage. Les rennes aussi. Ils avaient eu moins d'appétit devant leur assiette et d'appétence dans leur travail. Bien sûr qu'il l'aurait embauché au jeune Jack s'il n'avait pas été fauché ! Les Pères Noël, c'est plus ce que c'était, mais ça, le petiot le découvrirait tôt ou tard.

Touché par l'enthousiasme de Jack, Gontran avait tout de même tenu à l'accompagner à la journée de remise des diplômes. Fallait le voir, tout de rouge vêtu ! Le patron fut un des seuls à applaudir lorsque le petit monta à son tour sur l'estrade pour recevoir son sésame. Les parents, tous deux figés sur leur banc au dernier rang, eurent des réactions quelque peu réservées : le père de Jack garda les sourcils froncés tout du long et sa mère laissa clapper timidement ses mains, un sourire crispé sur le visage.

L'été suivant, CAP en poche, le jeune Jack décida de partir à la conquête de Paris. Sa mère ressentit une émotion fort curieuse : de la tristesse teintée de soulagement. En effet, Père Noël n'était guère une profession valorisée dans son cercle social. Une fois son fils à la capitale, elle pourrait toujours lui inventer une occupation différente quand elle retrouverait ses amies. Enjoliver la vérité n'était pas mentir, n'est-ce pas ? Et puis, qui pouvait affirmer que la fille de son amie Paule était bien danseuse et pas escorte ? Personne ne l'avait jamais vue danser ! D'un corps de métier à l'autre, il n'y avait qu'un pas.

Jack arriva des plus enchantés à Paris, posant ses valises dans le haut lieu de la *Père-Noëllerie*. S'installer ne fut pas aisé : lorsqu'il annonçait sa profession, les propriétaires le laissaient sur le paillasson. Heureusement, dans la salle d'attente du *Fol Emploi*, où, comme tous les intermittents en quête de gloire et de contrat, il s'était inscrit, il tomba sur un dompteur de souris qui lui aménagea une chambre dans un coin de son grenier. On pouvait à peine y poser un lit et une tringle pour y suspendre son attirail de costumes, mais comme le dompteur de souris ne lui faisait pas payer de loyer – il n'était pas rat pour un sou – Jack s'était empressé d'accepter. Et puis, c'était en attendant. Et pour attendre, il avait attendu : le marché des Pères Noël était de plus en plus fermé. Pour un seul poste, tant de postulants ! Alors, certains cumulaient plusieurs emplois pour joindre les deux bouts. D'autres encore se rabattaient sur la Saint-Nicolas, quand les plus démunis se prostituaient pour des spots de Coca-Cola.

Mais Jack, lui, n'abandonna jamais. Il enchaîna. Casting sur casting. Il était toujours trop. *Trop maigre. Trop jeune. Trop vieux. Trop petit. Trop grand.* Ou sa variante, pas assez. *Pas assez expérimenté. Pas assez incarné.* Ou sa stupéfiante, sur. *Surqualifié.* (Dès son arrivée, il avait passé la certification en dressage de rennes). Les entretiens et les questions se succédaient.

— *Comment vous voyez-vous dans 5 ans ?*

— *Eh bien, Père Noël.*

On le rayait.

— *Que connaissez-vous de la Laponie ?*

— *J'espère que, par rapport à mon poster, c'est aussi joli.*

On le barrait.

— *Faites-nous un oh-oh-oh* !

Il *ohohtait*. On le raturait.

Un jour enfin, on le remarqua. La start-up *Mary Christmas,* dont le PDG, Dave Mary, devait à peine avoir l'âge légal de boire aux USA, décida de lui faire confiance et de lui faire signer *ASAP* un contrat. C'est ainsi que Jack fut propulsé au milieu d'une cinquantaine de *Santa Clauses* qui *coworkaient* joyeusement dans leur *open space*, vêtus de gilets rouges gravés des initiales *MC.* Le jour de son embauche, Jack investit dans une magnifique bouteille de Clairette de Die qu'il partagea avec le dompteur de souris, c'était l'un des plus beaux jours de sa vie.

Les premières années furent merveilleuses, quoiqu'un peu différentes de l'expérience accumulée à *PerNo & Co.* Tout était informatisé. Les millions de cadeaux transitaient dans de grands entrepôts où des ouvriers très peu qualifiés, qu'on appelait les lutins, triaient sans relâche les montagnes de produits. Les élevages de rennes se trouvaient à des milliers de kilomètres, dans des champs polonais ou ukrainiens, Jack ne savait plus trop bien, il n'avait jamais lu la charte de la société, même si celle-ci se vantait d'être *totally transparent*. Néanmoins, son travail lui plaisait. Il répondait par mail aux nombreuses lettres des enfants, avait la responsabilité d'une vingtaine de représentations pour des fêtes d'entreprise, devait gérer pas moins d'une centaine de descentes de cheminée pendant la seule nuit de Noël. Sportif, mais jouissif.

La vie passait, de 24 décembre en 24 décembre. L'entreprise grandissait et l'espace se réduisait dans l'open espace. Jack s'épanouissait dans son travail et acceptait les règles du jeu des relations sociales. Ainsi, il retrouvait de temps en temps ses collègues pour des soirées Karaoké où on entonnait du *Jingle Bells* entre deux *Vive le Vent* et s'autorisait quelquefois un verre de lait ou de vin chaud lors des *after work*. Une année, il participa même à un week-end de *teambuilding* où tous les *MC* se défiaient dans des olympiades de taillage de sapin et de création de pain d'épices dans la forêt des Cévennes. Fidèle à sa promesse, Jack avait pris très vite son indépendance et s'était offert le luxe de déménager dans un magnifique 12 m² avec une presque-fenêtre, pas très loin du dompteur de souris dont il était resté très proche. Le samedi soir, sauf en période de Noël et lors des sorties de la *Santa Claus Crew*, ils se retrouvaient et refaisaient le monde : ils devisaient sur leurs salaires et rêvaient tout haut sous les bas plafonds.

Bref, pas de flocon à l'horizon.

Puis la rumeur se répandit dans les couloirs de l'entreprise : même si les payes étaient gelées depuis sa prise de poste, à la machine à café et jusque dans les cabinets, l'on parlait de plusieurs promotions pour les meilleurs employés de l'année. Jack briguait le poste de Père-Noël en chef depuis plusieurs mois, et acceptait tous les dossiers qu'on lui déléguait allègrement. Il ne dormait plus beaucoup, mangeait très peu, avait du mal à se détendre, et avait dû rajouter deux petits trous à sa ceinture. Le dompteur qui, au contact de ses souris, en avait beaucoup appris sur les hommes, le conjurait de lever le pied, Jack frisait le *burnoël-out*. Mais Jack n'écoutait pas, n'écoutait plus. Avec cette promotion, il pourrait enfin emmener Gillian, la collègue dont il s'était entiché, en vacances à l'île de Ré, ou en Corse. En fait, il avait déjà versé un acompte dans une agence de voyages. Il avait choisi la Corse, une formule tout compris. Il allait lui faire sa demande, elle ne pourrait pas refuser, entourée d'une dizaine de cocotiers. Il ne savait pas s'il y avait vraiment des cocotiers en Corse, mais il s'en fichait. Elle lui dirait oui, noix de coco ou non.

Début décembre, Jack fut convoqué dans les bureaux de Dave Mary. Le PDG, qui était assis sur un splendide fauteuil en cuir véritable et une immense fortune, le reçut avec diligence, affichant son plus beau sourire, celui placardé sur toutes les publicités *Mary Christmas*. Le dirigeant dirigea – après tout, c'était son métier – l'entretien d'une main de maître. Il commença en douceur, rappelant avec émotion les débuts de Jack dans l'entreprise, son implication, sa rigueur, sa force de travail, sa sollicitude… Puis il continua en rappelant qu'au royaume des Pères Noël, tout n'était pas si rose, ou rouge – Dave Mary toussota, Jack n'avait pas souri. Il parla de délocalisations, de rude concurrence, d'innovation, de restructuration, tout un charabia que Jack ne comprenait pas. Il termina en lui annonçant qu'en clair, il était licencié pour raisons *complico-économiques*, qu'il lui souhaitait bonne chance pour la suite, et que s'il avait des questions, qu'il voie avec Monique – cela rimait, c'était amusant –, bref qu'il voie avec la RH.

Jack ne sut jamais quel moment exactement déclencha ce que les journaux appelleraient, avec une pauvreté de vocabulaire étonnante dans le milieu, une « affreuse crise ». Était-ce quand le PDG lui tapota sur l'épaule ? Quand il dut lui tendre son gilet ? Quand Dave Mary lui offrit un pin's de la boîte « *Avec Mary Christmas, un Noël de badass* » ?

*

— Vous n'êtes qu'une bande d'ordures ! s'égosillait Jack. Il avait revêtu son plus beau costume, celui avec la ceinture dorée et les écussons pailletés, et se retrouvait sur les toits de la société *Mary Christmas*. Il termina la bouteille de vodka qu'il avait trouvée sur le rayon du bas de la supérette du coin. Ils voulaient du spectacle, de la magie de Noël, ils en auraient. Il pensa à son seul ami, à Gillian, à la Corse, à sa mine réjouie en disant oui, car elle dirait oui évidemment, il était le Père Noël, il pouvait croire ce qu'il voulait.

— Joyeux Noël à tous !! « Mary » Christmas ! Oh !

Et il se jeta du haut de l'immeuble, une étoile filante, son costume rouge et doré fendant les airs.

Devant les fenêtres de ses collègues, devant les caméras de FBM, devant les smartphones des passants.

Le lendemain, à la machine à café, les Santa Clauses observèrent une minute de silence. Puis ils reprirent leur travail, croulant sous les commandes et les préparatifs du 24 décembre prochain. Sur FBM, l'actualité de Jack fut vite supplantée par la découverte d'une vidéo délicate d'un sénateur en tenue de lutin au bras d'une Mère Noël qui n'était pas son épouse.

Le dompteur lui, ne s'en remit jamais. Incapable d'affronter l'effervescence qui envahissait peu à peu les trottoirs de Paris à l'approche de Noël, il décida de prendre son chagrin, son baluchon et de quitter cette ville remplie de Pères Noël qui n'étaient pas le sien. C'est ainsi que quelques jours après la tragédie, il partit se mettre à l'abri des hommes, suivi de sa farandole de souris.

Wild Wild Ouest

8 h 40

Les deux hommes se dévisagent, en chiens de faïence. Le premier, petit, râblé, a tout du shérif, sans le chapeau, et le deuxième, plus long, plus sec, tout du bûcheron avec sa chemise à carreaux et sa barbe de trois jours. L'atmosphère est suffocante. Personne n'ose bouger. Le silence autour d'eux s'épaissit. On entendrait une mouche voler si c'était la saison. Le temps paraît comme suspendu. Suspendu aux crosses des deux flingues, et des deux dingues derrière qui se toisent, le doigt sur la gâchette. Les témoins – espèce devenue rare ! – tous à terre, prient un Dieu qui a foutu le camp depuis longtemps.

Clic ! La tension monte. L'homme à l'allure de shérif vient de faire voler le cran de sûreté de son arme.

— Plus rien ne te protège maintenant. Surtout pas la loi.

*

10 minutes plus tôt.

— Que personne ne bouge !

Une jeune fille aux cheveux blonds virant sur le vert lâche un petit cri. Sa copine, une rousse qui doit être à peine plus âgée, lui serre violemment le bras, et le retire aussitôt.

Y a du grabuge dans l'air, a le temps de penser Gus, le gérant. La clientèle s'était raréfiée ces derniers temps : la plupart avaient déserté la boutique depuis quelques jours. Beaucoup de ses voisins avaient fermé leurs portes. Mais Gus avait tenu à rester ouvert, parce que *ce n'était pas un froussard. Et qu'il fallait quand même payer les factures*. Il regrette sacrément.

— Restez où vous êtes les mioches, et tout se passera bien, siffle l'homme à l'allure de shérif qui vient de rentrer, une arme à la main. Toi, file-moi ce que t'as ! commande-t-il en s'adressant à Gus.

Le propriétaire, vissé derrière son comptoir, n'a pas quitté la scène des yeux, ni son poste. Il a perdu l'usage de la parole, et de ses jambes. *Voilà ce que c'était d'avoir voulu jouer les gaillards, il allait finir une balle dans la tête, devant ses bouteilles de Ricard.*

— Quoi, mais… mais, qu'est-ce que vous voulez ? bafouille-t-il se rapprochant de la caisse enregistreuse.

— Tu sais très bien. Dépêche-toi de tout mettre là-dedans, lâche l'homme-shérif en posant une énorme besace sur le comptoir.

— Je… je ne veux pas d'embrouille moi, j'suis un peu au bout du rouleau en ce moment, les temps sont durs, j'suis un honnête homme…

— L'honnêteté ! Ah ! Elle a quitté le ranch depuis longtemps cette chère et tendre... Eh ! Toi ! Le moineau ! Qu'est-ce que tu fous ? hurle-t-il en se tournant vers un trentenaire qui a effectivement l'allure d'un moineau, tentant de prendre la fuite sur ses frêles jambes. Bouge pas, j'ai dit ! Qu'est-ce que t'as pas capté la première fois ?

— S'il vous plaît, ne me faites rien de mal… supplie le jeune homme, s'agrippant à sa sacoche.

— À côté des deux mômes, et que ça saute ! lui ordonne l'homme-shérif en pointant son arme sur lui.

Le moineau se déplace, tremblant tellement qu'il trébuche et répand une partie du contenu de sa sacoche.

— Ça alors, c'est un sacré butin que tu nous as là ! Écoute mon garçon, tu vas gentiment vider ton p'tit trésor, et le foutre dans mon sac. Et t'avise pas de jouer au con.

La sueur perle sur les tempes du trentenaire tremblotant qui s'exécute sans demander son reste et lui tend le sac, sans lever les yeux.

— T'en as d'autres ? aboie l'homme-shérif en comptant la marchandise.

— Quoi ? Non… C'est tout ce que…

— Et ça, dans tes poches, c'est quoi ? Tu te fous de ma gueule le moineau ? rugit le shérif en pointant le manteau bombé de l'homme.

— Ça, oui, non, pardon, c'est... ce n'est pas pour moi, c'est pour ma femme, elle a… elle est très sensible de… du…

— Qu'est-ce que tu dis ? Je pige pas bien !

— Ma femme, elle ne supporte pas bien tous les…

— FILE-LES-MOI TOUT DE SUITE ! crache le shérif en le menaçant de son flingue. Bah mon moineau, c'est ce qui s'appelle faire de belles provisions. Et tu croyais filer à l'anglaise avec ce paquet dans le veston ! L'honnêteté, je vous jure, c'est plus ce que c'était.

L'homme-shérif éclate de rire en refermant le sac, rempli à ras bord. Un coup de feu retentit. L'homme à l'allure de moineau se jette aux pieds des deux jeunes filles qui s'accroupissent et se serrent dans les bras, oubliant toute précaution. Gus s'est déjà réfugié sous son comptoir. « *Ça y est, on est foutus* », gémit-il en se mettant à croire en Dieu et à faire des signes de croix.

— Lâche ça, vieille charogne !

— Tiens tiens… mais qui va là ? murmure le shérif, en se retournant vers le nouvel arrivé.

Un barbu en chemise à carreaux le défie de la pointe de son pistolet.

— Lâche ton sac, tu m'entends, ou j'te décanille ta trogne de vieille fille, menace l'homme à l'allure de bûcheron.

— Poète en plus, je croyais que ton espèce avait disparu, sourit l'homme-shérif.

— Ce sont les vermines dans ton genre que cette saloperie devrait exterminer en premier !

— Le bûcheron, essaie pas de te frotter à moi, ou je t'explose les boyaux et j'en fais du saucisson !

Les deux hommes se dévisagent, fiers, fiévreux et fielleux. Oublieux des trois témoins qui observent la scène, horrifiés, et de Gus, qui vient de se lever, une bouteille de Ricard à la main.

*

Clic ! La tension monte. L'homme à l'allure de shérif vient de faire voler le cran de sécurité de son arme. De dos, il ne voit pas Gus s'approcher doucement.

— Plus rien ne te protège maintenant. Surtout pas la loi, le défie le bûcheron, un rictus sur les lèvres.

Sans attendre, Gus fracasse la bouteille de pastis sur la tête de l'homme-shérif qui s'écrase aussitôt au sol.

— Eh bien ! Il est pas près de se réveiller avec la patate anisée que tu lui as collée ! s'exclame le bûcheron en se précipitant à terre pour ôter l'arme du bandit aux allures de shérif.

— Je sais pas ce qui m'a pris, j'étais assis, en train de prier, et j'ai pensé à Jésus, et à ma mère, et j'me suis dit, boudiou, Gus, tu vas pas caner aujourd'hui quand même ! balbutie le propriétaire.

— Faut croire que le grand Barbu t'a entendu.

— Si on m'avait dit un jour que je mettrais une rouste à quelqu'un... tout ça, c'est grâce à vous ! Comment pourrais-je vous remercier ?

— J'ai déjà ma récompense, gérant, répond le bûcheron en prenant la besace du shérif. N'oublie pas, c'est la jungle maintenant, et les loups disent jamais un putain de merci. Garde la foi, et appelle la police.

Le menaçant de son arme, le bûcheron claque la porte de l'épicerie, et s'enfuit à travers les rues, le sac dégueulant de rouleaux de papier toilette.

Oui, c'est la jungle maintenant, soupire Gus face aux rayons hygiène de son épicerie de quartier, complètement vides. Prenant son téléphone pour composer le numéro 17, il remarque le bout calciné, fumant, d'un pétard rouge.

Il se met à rire. *C'est plutôt le Wild... le Wild Wild Ouest.*

Demain est un autre jour

9 h 45

Burner regarda sa montre. Plus qu'une heure et demie avant de se retrouver en tête à tête avec un bon verre de vin, un rumsteak bien grillé… et Louise, sa secrétaire à qui il consacrait deux de ses midis depuis quelques semaines. Ses jolies fossettes et son jeune fessier avaient eu raison de lui. À force de jouer avec le feu, on se brûle, aurait dit sa grand-mère. Il savait que la situation était grotesque, Louise était d'un frivole ! Mais sa femme, d'un frigide ! Il devait mettre un terme à ces cabrioles du déjeuner. *Demain*, se jura-t-il, *demain*. Il jeta un œil à son planning. M. Twitter, encore ! En réalité, M. Twitter[1] ne se prénommait pas ainsi, mais c'était le petit surnom que Burner lui avait attribué : le bougre tweetait comme il respirait ! Passe encore si c'était du contenu bouillant d'intelligence ! Mais c'était un amas de bêtises « bobo écologiques » sur l'état de la planète, dégobillées par un barbu, sûrement en mal de culbute. S'il connaissait Louise, pour sûr que son militantisme ne ferait pas long feu.

C'est son conseiller, M. Warner, qui lui avait recommandé de recevoir l'écologiste enragé dans son bureau avant qu'il ne mette le feu aux poudres avec ses Tweets de plus en plus accusateurs qui avaient bien terni son image. Sa popularité avait baissé de plusieurs points dans les sondages. C'est fou ce qu'on pouvait faire en 280 caractères. Alors, depuis quelques semaines, Warner lui jouait la

---

[1] *(Nda) Cette nouvelle date d'avant la transformation de Twitter en X, et le nom n'a pas été changé pour la sonorité du surnom.*

même musique. « Faudrait virer un peu au vert » lui martelait-il. « J'aimerais me mettre au vert » se plaignait sa femme, qui s'y était mise aussi. Comme si on leur avait *greenwashé*[2] le cerveau à tous les deux ! Sa femme n'avait sans doute pas tort, ça leur ferait du bien à tous les deux, de sortir de la campagne électorale, pour retrouver l'autre, celle des moutons et des vaches. Remarque, il n'y avait pas tant de différence entre les deux. Il se promit de noter sur son agenda recyclé un week-end au parc national de Namadgi, au sud de Canberra, pour raviver la flamme. Il n'y était encore jamais allé.

Le hippie 2.0 entra.

— Bonjour, Monsieur, hum, asseyez-vous, je vous en prie.

— Merci, je ne serai pas long.

— Bien, vous aussi savez apprécier la concision, ce dont je me doutais un peu, vu vos *Tweets*… incandescents.

— L'heure est grave, M. le ministre, même écrire un Tweet est trop long face à l'urgence écologique.

— Justement, pourquoi perdre tout ce temps à embraser la *Twittosphère* ?

— C'est le seul moyen que j'aie trouvé pour me faire entendre. Grâce à ce réseau social, mon organisme Green Bush prend de l'ampleur, nos voix se font entendre. Je ne crois pas que vous réalisiez l'ampleur de la situation M. le ministre. Les conséquences du réchauffement climatique sont désastreuses pour…

— Écoutez, je sais très bien ce que vous allez me sortir, c'est du réchauffé ce discours. Sans vouloir vous offenser, et ne vous

---

[2] *(Nda) Le greenwashing est une tendance marketing à vouloir rendre l'image d'une entreprise plus écoresponsable, en jouant notamment sur la symbolique du vert.*

méprenez pas, je trouve votre ferveur et votre engagement rafraîchissants, mais il ne sert à rien de crier au feu lorsque nous pouvons ressortir un T-shirt plus tôt qu'à l'accoutumée, ou plus souvent dans l'année.

— Mais il n'y a pas de fumée sans feu ! Les rapports sont clairs, les analyses des scientifiques sont sans appel, les statis…

— Quelle est votre profession, rappelez-moi ?

— Actuellement, je suis sans emploi, mais quel est le rapport ?

— Vous n'êtes donc ni agro écologiste, ni environnementaliste, ni prix Nobel de la Science, je me trompe ?

— Non, mais je lis énormément, je participe à des tables rondes et des conférences sur la question avec des éminences de…

— Laissez-moi reformuler. J'ai été élu par nos citoyens, voyez-vous, j'ai à mes côtés les élites de ce monde, et je peux vous assurer que s'il y avait le feu au lac je prendrais les mesures nécessaires, en ma qualité de représentant du peuple. Mais en l'état actuel, je me dois de le rassurer, car il étouffe dans ce climat anxiogène où il n'a plus l'impression de pouvoir agir à sa guise. Les végétariens leur sautent dessus s'ils osent manger une aile de poulet – je ne vous parle même pas de kangourou – les écolos les montrent du doigt quand ils prennent la voiture, les minimalistes les fustigent quand ils chipent des chips dans des sachets en plastique. Ce que veut le peuple, c'est vivre, vous comprenez ! Se balader le week-end dans les Blue Mountains, griller des poivrons prédécoupés, bio ou non, sur le barbecue ! Et si vous lisez le dernier sondage de l'IBQ[3], les citoyens trouvent ça formidable de

---

[3] *Institute of Bullshit Questions = l'institut des questions à la con.*

pouvoir passer plus de temps en tongs ! À 72 % ! Vous voyez ce que je veux dire ?

— L'IBQ ? Mais c'est aberrant d'opposer un tel ramassis de conneries à la parole des experts !

— Écoutez, vous savez que je ne tolère pas le langage châtié. Je n'ai rien contre vous personnellement, et je ne souhaite aucunement mettre de l'huile sur le feu dans cette affaire. Je crois cependant qu'il serait bénéfique, pour le bien-être de tous, que vous fassiez une pause sur Twitter, pour cesser cette agitation inutile autour du thermomètre. Les gens craignent déjà pour leur santé, leur sécurité, ils calculent déjà leurs calories, on ne va pas en plus leur ajouter leur impact carbone. Même s'il détruit à petit feu la planète !

— À grand feu !

— Si vous le dites. Voilà ce que je vous conseille, allez dans les Grampians, il y fait plus frais, prenez quelques koalas en photo et quelques jours pour vous déconnecter. Vous verrez que vous y apprécierez votre pull à la nuit tombée, et que toute cette panique climatique n'est qu'un feu de paille. Tout est sous contrôle, il n'y a aucune raison de s'inquiéter, je suis bien placé pour le savoir. Faites confiance à vos dirigeants.

— Justement, c'est exactement le cont...

Burner appuya sur le bouton. « Faites sortir notre interlocuteur, l'entretien est terminé ». "L'entrenu" sortit du cabinet, tellement abasourdi qu'il ne pensa pas à dissimuler son visage devant les flashes des photographes qui immortalisaient ce passage éclair au ministère. Burner l'observait depuis sa fenêtre. L'hurluberlu n'avait aucun argument qui tenait. Encore un allumé qui avait trouvé dans le Tweet le moyen de créer le buzz autour de son insignifiante personne. Il faudrait tout de même vérifier si la stratégie avait payé et s'il avait à nouveau grimpé dans les sondages. *Demain*, se dit-il, *demain sera un autre jour*. Heureux de s'être débarrassé d'un énième parasite poilu, il réserva une des plus belles suites dans un hôtel au milieu du parc national. Il imaginait déjà sa femme, languissant, brûlant de désir, sur le lit *super King size*. Ils partiraient le lendemain même, on lui conseillait du vert, il en boufferait !

« M. Warner, je prends mon vendredi demain, je n'ai pas de rendez-vous très important, à part le maire de Canberra, qui est toujours tout feu tout flamme quand il parle de ses projets d'urbanisation écoresponsable. Celui-là aussi, une vraie tête brûlée. Reportez-le, j'ai besoin de retrouver ma femme, si vous voyez ce que je veux dire…

— Je vois, mais je ne crois pas que ce soit une excellente idée, nous sommes en vigilance après les dernières températures extrêmes enregistrées.

— Vous n'allez pas vous y mettre non plus mon cher ! Vous avez déjà oublié notre voyage diplomatique dans les Émirats ? Un peu de climatisation et le tour sera joué ! Je n'ai pas à vous demander mon feu vert, me semble-t-il !

— Je ne voudrais certainement pas outrepasser mon droit, mais j'ai lu ce matin les analyses, et c'est plutôt inquiétant…

— Tut ! Demain, mon cher, demain ! Restez au frais, buvez-vous une de ces infâmes bières que vous affectionnez tant, de la Tooheys ou de la XXXX[4] et on se revoit lundi ! »

Burner avait raccroché sans préambule, il ne voulait pas se mettre à incendier son meilleur collaborateur, c'était mauvais pour le cœur, selon sa femme, et le karma, selon Louise. Mais enfin,

---

[4] *Marques de bières australiennes.*

Warner n'allait tout de même pas adhérer à toute cette clique climatique ! *Tout est sous contrôle, évidemment*, pensa-t-il en desserrant sa cravate, *c'est vrai qu'il fait chaud*. Mince, dans le feu de l'action, il avait oublié de confirmer le rendez-vous pour la visite de contrôle chez le dermato. Il appellerait demain, sans faute.

*

Et lorsqu'en pleine nuit, pris d'une bouffée de chaleur, après un vendredi soir avec sa femme qui lui rappelait l'ivresse du début, Burner eut l'envie de se cramer une cigarette, il se mit à la fenêtre. Le rouge incandescent se mêla aux ténèbres.
Il n'avait pas encore allumé sa cigarette. Il vit les flammes qui embrasaient la forêt du parc de Namadgi. Il pensa alors à Louise, à M. Twitter, à Warner, au dermatologue, et se dit qu'à force de tout remettre au lendemain, il n'en verrait peut-être plus.

Au bout de l'arc en ciel

Vers 10 h, vers du matin

Au bout de l'arc-en-ciel, on lui a promis l'or et le sel, des rêves de gosse, des palaces et des chaussures de bogosse.

Au bout de l'arc-en-ciel, on lui a montré un amas de trésors, en argent ou en plaqué, des montres à l'iPhone, sans oublier les joggings et les sweats à capuche, avec un crocodile dessus, pas un *fake*, mais un fier et droit, d'un vert qui fait taire les vipères.

Au bout de l'arc-en-ciel, il aura des amis qui lui feront mieux passer l'absence des frérots et qu'il se permettra d'appeler potos. Il ira même à l'école, il sait pas bien lire, enfin même pas du tout, mais il apprendra, peut-être même qu'il trouvera ça drôle.

Au bout de l'arc-en-ciel, il pourra rêver bien plus grand, à commencer par un putain de grand écran. Il n'aura plus besoin pour encourager son équipe préférée de partager la télé avec tout le quartier. Il se trouvera un grand salon à lui pour se refaire tous les fameux gestes de Kylian Mbappé. Et peut-être même que sur le terrain, il se fera sélectionner. On lui a toujours dit qu'il avait des pieds à faire pâlir tout le PSG. Ses jambes, elles sont prêtes à tout encaisser, prêtes à dégainer, déguerpir, détaler, elles savent comme lui sait qu'il faudra peut-être les prendre à son cou, ses jambes, qu'il devra peut-être beaucoup courir avant de pouvoir se remettre à marcher.

Au bout de l'arc-en-ciel, sa mère le rejoindra, quand elle aura compris le pourquoi de son départ, et qu'elle arrêtera de lui en vouloir. Car elle arrêtera forcément, même s'il ne lui racontera jamais le comment. Il y a des réalités qu'une mère n'a pas à connaître, il est des mensonges dont il fait bon se repaître.

Au bout de l'arc-en-ciel, son sourire éclatera, comme dans la pub Colgate, quand elle verra tant de brillants et de clinquant qu'elle lui réclamera une paire de lunettes. Bien sûr pour l'instant, elle doit être toute ridée à force de rouspéter, mais c'est sa faute, à l'avoir appelé « Anbessa ». Anbessa, en langue amharique[5], ça veut dire lion, elle aurait dû savoir, ou choisir un autre prénom.

Au bout de l'arc-en-ciel, il entend déjà son rire quand elle se pavanera dans Paname et sur les Champs-Élysées. Paraît qu'il y a une chanson du même nom, qui fait danser les Français. Elle aussi battra la cadence sur le macadam. Toutes les têtes pivoteront sur son passage comme des gros tournesols. Ah ça, elle ne passera pas inaperçue, parce que sa mère d'abord, c'est le plus pétant des soleils, et au bout de l'arc-en-ciel, elle fera la guerre à tous les nuages.

Au bout de l'arc-en-ciel, fera pas bon être un nuage.

Oui, Anbessa, il l'aime son arc-en-ciel, il a peur de le toucher tellement il s'en rapproche. Alors, lorsque l'embarcation, de piètre facture, commence à s'enfoncer et les flots peu à peu à l'envelopper, c'est le sourire de sa mère qui réchauffe son corps et ses pieds de footballeur qui ne savent pas encore nager. Et dans cette douce mer noyée sous un gris ciel, il aperçoit un halo de pastel, un bout d'arc-en-ciel.

---

[5] *(Nda) Langue officielle de l'Éthiopie.*

Pluie battante sur les Vieux Chênes

11 h 30 le dimanche

Quelle pluie de merde.
Son imperméable suinte sous les trombes d'eau qui se déversent depuis le matin. Pas un temps à foutre un chat dehors, et encore moins un vieux loup de sa trempe. L'inspecteur Roublarre soupire. Plus que quelques maisons et retour au bercail. Auprès de Paula. Il la revoit en partant, les cheveux en bataille, la cuisine en pagaille. Ça sentait bon le poulet rôti. À quelques années de la quille, le métier lui pèse. Il aurait tout donné pour une cuisse de poulet grillée et un verre de pinot. À la place, il se coltine toute la matinée le jeune bleu et sa vapoteuse qui lui donne les airs d'une vieille tante. Pour une histoire d'un pathétique tant elle est banale.

Tout indique le cambriolage qui a mal tourné : un salon retourné dans tous les sens et une pauvre quadragénaire qui a trinqué. En arrivant sur les lieux, le jeunot avait effectué un mouvement de recul. Pour un peu, Roublarre l'aurait pris dans ses bras pour le réconforter ce petit poussin. Il apprendrait. De telles scènes, il en verrait. Roublarre avait balayé la pièce rapidement. Traces de lutte sur le parquet flottant et contusions sur le crâne et le ventre de la victime. Le voleur avait dû surprendre la propriétaire dans sa cuisine et l'avait assommée par-derrière avec un rouleau à pâtisserie. Le bleu avait griffonné sur son carnet tout du long. Roublarre se demandait bien quoi, encore un qui se croyait dans une série télévisée.

Jusqu'ici l'enquête n'a rien donné dans ce foutu *Lotissement des Vieux-Chênes*, un nom fort à propos, quand on voit ses habitants majoritairement grisonnants. Shootés aux laxatifs et à l'émission des *Douze coups de midi*, ils n'ont rien remarqué de suspect, et encore moins entendu. Pas étonnant, à force de tout fabriquer en Chine, jusqu'à leurs sonotones, on ne pouvait plus compter sur personne. La matinée s'étire. Ils ont frappé à toutes les portes sans succès, comme deux Témoins de Jéhovah en mission. Bref, ils pataugent. Littéralement. Dans les flaques, et dans l'enquête. Parfois, Roublarre se dit qu'il aurait dû travailler à la Poste, comme son père et son grand-père avant lui. Au moins, les horaires étaient fixes, et le dimanche, on vous fichait la paix. Le seigneur se permettrait pas de vous envoyer du courrier. Mais dans ce foutu métier, allez expliquer aux tordus que le dimanche, c'est le jour du poulet. En sauce et au four.

*

— Vous prendrez bien un petit boudoir ! s'exclame Mme Maurice, pour les retenir encore un peu.

— Oh, c'étaient les biscuits préférés de mon enfance, s'extasie le jeunot.

Roublarre manque s'étrangler. Son enfance ! Le gamin sort à peine de la puberté ! Mais, au lieu de ça, il prend lui aussi un boudoir entre ses doigts et se l'enfonce dans la bouche. Toute la matinée, on leur a proposé des biscuits. Et même une liqueur ! Qu'ils ont dû refuser, service oblige. Voilà à quoi il était contraint, prendre le thé chez des vieux qui n'ont personne à qui causer, et se farcir leurs gâteaux secs tout mous. Le supplice ne durerait pas longtemps. Il serait bientôt rentré au chaud à la maison.

— Alors, ça vous rappelle de jolis souvenirs ? demande la vieille dame.

— Ils sont délicieux ! répond le jeune, en se servant une deuxième douceur.

— Oui, la petite Anaïs les aimait beaucoup aussi.

— La petite Anaïs ? Vous voulez dire madame Terry ? s'étonne Roublarre.

— Oui, je l'appelais comme ça, c'était affectueux, bien sûr. Je l'ai un peu prise sous mon aile. Ce n'est pas bien facile d'arriver comme ça dans un nouveau lotissement. Et puis, elle ne s'est pas fait que des amis par ici !

— Comment ça ?

— Oh, disons qu'une célibataire, sans enfant, dans ce quartier résidentiel, ça a fait beaucoup jaser !

— Vous pensiez qu'elle avait des ennemis ?

— Oh, des ennemis, grand Dieu non ! C'était une gentille jeune femme. Très gentille. Elle s'est très bien occupée de mon Frou-Frou quand je suis partie en cure thermale.

— Frou-Frou ?

— Mon chat ! C'est un gros matou, mais qui ne peut pas se passer de câlins.

— Donc, madame Terry a secoué un peu la vie du quartier ? reprend l'inspecteur, pour tourner court aux histoires de chaton.

— Disons que les têtes des maris se tournaient un peu sur son passage. Moi, heureusement, le mien ne pouvait plus vraiment se tordre le cou. Il est mort, il y a plus de 10 ans ! lâche Mme Maurice avec un petit rire.

Dieu, qu'il ne lui tarde pas de vieillir. Ils ne tireront rien de plus de cette petite dame. À part une indigestion. Il est temps de ficher le camp.

— Heureusement que j'ai Frou-Frou ! C'est le plus gentil chat du quartier !

Pas le temps de discuter croquettes et coussinets. Roublarre fait un signe au jeunot, qui en est à son troisième boudoir. Ils s'apprêtent à quitter les lieux lorsque Mme Maurice s'écrie.

— Attendez ! Je me souviens maintenant, que les deux dernières fois qu'elle est venue prendre le thé chez moi, elle semblait très bizarre avec Frou-Frou. Comme si elle l'évitait... Elle me disait qu'elle ne voulait pas se salir. Mais moi, ça m'a paru bizarre, car elle a toujours pris mon Frou-Frou dans les bras, toujours ! Il était si peiné, mon Frou-Frou, parce qu'il a senti ce rejet mon pauvre Frou-Frou...

En guise de réponse, Roublarre la remercie pour sa coopération. *Voilà donc comment on termine ses vieux jours, à dérailler sur des boules de poils.* Lui déteste les animaux. Que ferait-il si Paula n'était plus à ses côtés ? Il parlerait aux plantes, à une collection de médailles ? Cette matinée chez les vieux le rend gâteux avant l'heure. Il presse le pas, le jeune à ses côtés.

*

Il ne reste plus qu'une maison, celle des Fauchon, les voisins d'en face. Ils sonnent, impatients de se mettre à l'abri. Un couple de jeunes ! Enfin, tout est relatif. La femme qui leur ouvre doit avoir la quarantaine, ce qui fait un peu baisser la moyenne d'âge du quartier. À la vue de leur badge, elle appelle son mari. Un homme apparaît dans l'embrasure de la porte, le visage plutôt fermé. L'adjoint à la vapoteuse esquisse un sourire qui se veut réconfortant. *Il a encore du boulot le p'tit, il n'a toujours pas saisi que, sur le baromètre de la sympathie, il se trouve plutôt tout en bas, avec les huissiers et les enfants qui hurlent dans l'avion.* Ils entrent dans la maison où l'ordre Ikea règne en maître : un énième salon beige sans vie avec coussins assortis. Des pots de fleurs en plastique traînent sur le comptoir, ainsi qu'une pile de papiers. L'homme leur présente un tabouret. Sûrement un Yngvar ou un autre nom imprononçable. Roublarre prend la parole, le jeunot prêt à gratter sur son carnet. *Qu'est-ce qu'il espère vraiment en retirer ? Une notice de montage de meuble ?*

— Ça ne devrait pas être long. Nous savons que le moment est délicat mais toute information peut s'avérer utile pour l'avancée de cette affaire. Auriez-vous vu ou entendu quoi que ce soit de suspect hier soir chez madame Terry ?

La femme se met à sangloter. Son compagnon pose un bras qui se veut rassurant autour d'elle.

— Vous savez, c'est un quartier paisible ici, on ne surveille pas nos voisins, répond-il, un peu sèchement.

— Bien entendu. Mais vous l'avez peut-être aperçue au bras de quelqu'un, ou avez repéré de la visite hier dans la soirée.

— Je suis désolé, mais on ne va pas pouvoir vous révéler grand-chose, Anaïs... Madame Terry était une femme plutôt discrète sur sa vie privée, déclare Fauchon, gardant son bras autour des épaules de sa femme.

— Quelle était la nature de vos relations avec madame Terry ?

— C'est... C'était une voisine charmante, on se croisait pour les voisinades, les trucs du genre. C'est surtout Carla qui la côtoyait. Je travaille beaucoup, ajoute-t-il.

— Elle était bien plus jeune que la moyenne du voisinage, remarque Roublarre, continuant à mener l'interrogatoire tandis que son partenaire prend des notes sur son calepin. *Qu'est-ce qu'il peut bien écrire encore ?*

— On est les trois de la même génération, si c'est ce que vous insinuez, répond M. Fauchon d'un air dubitatif.

— C'est juste une observation. On peut dire qu'on sort plutôt la carte Vermeil que la carte étudiant dans les environs.

— Vous êtes en train de nous accuser d'être trop jeunes pour vivre dans ce quartier ?

— On n'est jamais assez jeunes. La jeunesse excuse tous les maux. Vous dénotez un peu, c'est tout.

— Nous avons déménagé ici car nous voulions un cadre agréable et sain lorsque notre famille… s'agrandirait, intervient Mme Fauchon, qui n'avait pas encore dit mot.

— Anaïs est arrivée peu après notre emménagement. On s'est tout de suite bien entendues, poursuit-elle avec peine.

— Lui connaissiez-vous un petit ami, une compagne ?

— À Anaïs ? Non, pas vraiment. Elle avait vécu un premier mariage, qui avait très mal tourné, je crois. Mais elle ne m'en parlait pas beaucoup, confie Mme Fauchon.

— Elle n'avait pas d'enfants non plus ?

— Non.

— Elle en voulait ?

— Oh, comme toute femme, j'imagine, lâche Mme Fauchon, en se pinçant les lèvres.

— Toutes les femmes ne désirent pas être mères, observe Roublarre.

— Oh, bien sûr, ce n'est pas ce que j'ai voulu dire, se reprend la jeune femme.

— Pardonnez-moi inspecteur, mais qu'est-ce que cela vient faire dans votre enquête ? s'impatiente son mari.

— Simple question. Dites-moi, où étiez-vous hier soir, monsieur Fauchon ? s'enquiert Roublarre.

— Qu'est-ce que c'est que cette histoire ? s'agite l'homme.

— Répondez, je vous prie.

— Vous plaisantez ? C'était la finale de rugby, le Derby, j'étais chez Georges, au bout de la rue, comme à chaque grand match !

— À quelle heure êtes-vous rentré chez vous ?

— Enfin, j'ai pas vraiment fait gaffe ! Demandez à Georges, il vous le dira, y avait toute la clique ! s'exclame M. Fauchon, crispé sur le bras de sa femme.

— Et ce Georges, sait-il ce que vous avez fait après le match ?

L'inspecteur se rapproche soudain de lui, l'œil menaçant.

— Je suis rentré à la maison ! Il devait être minuit. Dis-leur Carla, tu m'attendais sur le canapé !

Roublarre se tient de plus en plus près.

— De l'alcool devant le match, non ?

— Quelques Heineken, c'est la seule bière que je supporte !

— Hum... De la Heineken. Et vous diriez que vous étiez éméché en quittant ce cher Georges ?

— Éméché ? Non, enfin, j'étais bien quoi !

— Et sur le chemin, l'idée ne vous aurait pas traversé l'esprit de faire un tour chez la jolie voisine du quartier ? Au lieu de retrouver une femme qui vous reprochera d'avoir trop forcé sur la bibine...

— Qu'est-ce que c'est que ces conneries ?

Le bleu lève les yeux de son carnet et le regarde de manière un peu trop appuyée. Roublarre n'en a cure – *qu'est-ce qu'il craignait, une mise à pied ? Avec plaisir !* – mais s'il souhaitait rester dans le métier, le jeunot devrait s'habituer à ce genre de situation, et à son tempérament. Le bleu se met à griffonner sur le bas de son calepin.

— Vous ne seriez pas le premier à tomber dans ce piège. La routine s'installe, on copule plus par devoir que par désir...

— C'est dégueulasse ! Comment osez-vous ! Carla, tu ne vas pas croire un truc pareil ? éructe le mari en serrant les poings.

— Allons, épargnez-nous votre comédie...

Roublarre ne se trouve plus qu'à quelques centimètres de Fauchon.

— Vous saviez qu'elle était enceinte ? lâche alors le bleu.

— Enceinte ? Quoi ? C'est impossible ! s'écrie le mari.

Personne ne bouge, Roublarre fixe le jeunot, puis M. Fauchon.

— Oh si c'est possible, parce que c'était une vraie putain !

La voix déchire la pièce. Carla, méconnaissable, hurle.

— Elle faisait du gringue à tout le quartier, avec ou sans dentier ! *200 grammes de farine ? Bien sûr ma chérie !* Elle baisait avec mon mec la nuit et elle me filait de la farine le jour !

Hystérique, transfigurée, elle se tourne vers son mari.

— Et toi, tu n'es qu'un chien ! La foutre en cloque à elle ! Alors que tu n'as jamais réussi à me faire un gosse ! J'aurais tout pardonné... tes coucheries, tes vacheries, mais qu'elle se pavane avec son bébé dans tout le voisinage... Jamais !

Elle s'écroule, le visage déformé par la douleur.

*

Rallumant sa vapoteuse, le bleu regarde à travers le pare-brise la route noyée sous les torrents de pluie.

— Eh bien, on peut dire que la matinée réserve son lot de surprises. Je n'aurais pas misé une pièce sur la Carla. Ni sur toi, je dois bien avouer, marmonne Roublarre derrière le volant. Qu'est-ce qui t'a mis la puce à l'oreille ?

— Sans mauvais jeu de mots. Frou-Frou.

— Le chat de la vieille aux boudoirs ?

— Quelque chose clochait dans cette histoire de cambriolage. Mais je ne parvenais pas à lier tous les éléments entre eux. Jusqu'à ce qu'on arrive chez les Fauchon.

— T'as entendu la voix de la Sainte Justice ?

— Les pièces du puzzle se sont assemblées quand vous avez commencé à … *cuisiner* le mari.

— Oh, ça, je m'amusais juste un peu. Après la tournée des mines décrépites, c'était presque rafraîchissant.

— J'ai repensé au corps de la victime, roué de coups. On s'était acharné sur son ventre. Une telle violence ne s'expliquait pas. Pas dans un cambriolage, ça ne collait pas.

— Sauf si la victime était enceinte, grommelle Roublarre. Et tu as eu cette illumination grâce à un matou ?

— Précisément. À cause de la toxoplasmose. C'est une infection transmise par les animaux à laquelle il faut être très vigilant en période de grosse...

— Je sais ce que c'est, merci, j'ai l'âge d'être ton père, le coupet-il, pour doucher son enthousiasme de jeune premier. Et moi qui pensais que tu t'empiffrais de boudoirs tout ce temps-là, bleu… Sacrée journée. Quelle pluie de merde.

— Vivement que ça s'arrête.

Vivement que ça s'arrête, oui, pense Roublarre.

Puis il revoit Paula et son poulet rôti dans la cuisine. Et son visage de vieux loup sourit.

M comme Trésor

Midi

Elle hurle au téléphone, essayant de contenir de ses propres mains la marée de sang où trempe le corps tremblant de l'importun du dimanche. C'est un dimanche comme les autres, un de plus, un de trop.

*

Le déjeuner était prêt. La poule rôtissait, les serviettes patientaient, le vin décantait. Elle avait passé sa plus belle robe, celle qu'elle ne réservait qu'aux dimanches joyeux ou aux invités prestigieux. Dans les vapeurs de thym et de son dernier parfum de chez Lancôme, elle tournait en rond, comme son horloge, scrutant par la fenêtre la rue du Bourg-Tranquille.

Je l'observais depuis mon fauteuil favori, je connaissais bien ses humeurs. Lorsqu'elle s'agitait comme un poisson dans un bocal, c'est qu'il arrivait. Ce grand benêt vil et vilain que je détestais, et qui me le rendait plutôt bien. Quand il se permettait de s'introduire chez nous, elle n'avait d'yeux que pour lui et sa face à lunettes, comme hypnotisée par ses verres cerclés d'écaille. D'écaille ! Qu'elle ose se détourner de moi pour quelqu'un avec si peu de goût me consternait. Si là résidait son secret, moi aussi, je pourrais m'en faire poser sur la tête. Mais dans ces moments-là, je me mettrais à faire la danse des canards qu'elle ne s'en apercevrait pas.

Chaque dimanche, on avait droit à la même guignolade : elle se tartinait de poudre et de mascara pour ce branquignol à binocles.

Elle relevait ses cheveux dans un chignon un brin austère qu'elle avait remarqué dans son émission favorite. Ça la vieillissait un peu. Puis elle me laissait la télévision allumée des heures durant. J'avais droit à des rediffusions de Rintintin. Comme ça, pendant qu'ils me croyaient occupé, ils pouvaient échanger des banalités d'une platitude effroyable. Mais je les entendais par-dessus le poste et surtout, je les voyais ! Lui regardait son décolleté comme un pudibond, l'homme prude qu'il prétendait être et elle riait béatement, rosissant sous ses bêtes compliments, battant des cils durcis sous l'épais maquillage. Dieu qu'elle avait la main lourde les dimanches ! Je l'ai toujours préférée naturelle, mais m'a-t-elle un jour écouté ?

Et depuis mon fauteuil, j'assistais impuissant à cette tirade cajoleuse, à cette scène crapuleuse où j'étais relégué du côté des rideaux. Dès qu'il passait la porte, je faisais partie du mobilier, aussi inutile et flétri que la plante à côté du vieux sofa. Envolés, nos souvenirs ! Évaporée, sa tendresse ! Lobotomisé, son cerveau ! Des années de fidélité, toujours à ses côtés, à l'écouter et la consoler. À accepter ses humeurs, même quand elles sautaient ! Et lui, chaque dimanche, il s'attablait, sa main s'approchant toujours un peu plus de sa cuisse, à savourer toujours le même poulet, à dégainer toujours les mêmes absurdités. Voilà comment ma loyauté était remerciée ! Mais que pouvais-je dire ?

Rien. Dès qu'il se pointait, son rire emplissait la pièce qu'elle n'avait même pas encore ouvert la porte. Comment être si réjouie devant une mine si peu réussie ? Il se déchaussait ensuite près de l'entrée, larguait ses baskets dans mon espace, il ne me saluait même pas. Déjà en territoire conquis. Elle ne s'en offusquait pas, elle lui pardonnait tout, même son absence de savoir-vivre. Une fois, j'étais tellement outré et irrité que je m'étais oublié sur un bout de canapé... j'étais resté coi, sentant le liquide traverser les tissus. Dans l'indifférence générale, j'avais passé l'après-midi seul, entouré de ma flaque. L'odeur ne les avait pas dérangés. Ce n'est que le soir, quand il était enfin parti, que les effluves étaient parvenus à son nez. Elle ne m'avait pas grondé, elle avait tout nettoyé sans broncher : elle se savait fautive.

Voilà qu'il envahit le salon : il disserte sur son travail, tout le monde s'en fiche. Pas elle. Il a apporté des fleurs, le malotru. Il a de l'idée, de l'audace.
— Oh, tu as fait des folies !
— Rien n'est assez fou pour toi !
Il dégouline. Et elle s'y accroche, à sa bave poétique.
— Une fleur pour une fleur !
Et elle de goûter à ce sirop mièvre et mielleux.
J'en frissonne.
— Tu sais, faudra bien que je teste un autre jour de la semaine...
Il lui susurre cette phrase en caressant innocemment les fleurs. Ça ne lui suffit pas de nous polluer notre jour, au seigneur et à moi.
— Je pourrais peut-être même rester ce soir...
Il s'insère, il insinue.
J'en tremble.
— Tu ne peux pas rester seule comme ça...
Mais je suis là moi ! Il me supprime, l'ordure !
J'en fulmine.
— Il est temps de penser à nous deux, mon trésor...
La liberté de trop. Le MOT de trop. Le reste n'est que brouillard : mon saut, les cris, le sot, mes crocs, sa gorge, son horreur à lui, sa fureur à elle, mon ardeur à moi, le sang qui gicle,

les larmes qui explosent, le fusible qui pète, les crocs qui lâchent. L'hystérie qui suit, le regard qui fuit. Nouvelle tache sur le tapis.

*

Dans la rue du Bourg-Tranquille, j'entends une sirène. Ils vont enfin nous en débarrasser, de cette maudite punaise à lunettes ! Je chéris d'avance tous ces dimanches, où elle se fardera un peu trop, où le poulet rôtira, les serviettes patienteront, le vin décantera, juste pour moi. Le sens du devoir accompli me submerge. Elle paraît perturbée mais je sais qu'elle a compris. Elle se rappelle sa promesse. Plus jamais, elle m'avait juré. Parce que quand le monsieur sur la photo a disparu dans un accident de moto, c'est dans mes pattes qu'elle s'est blottie. C'est sur mon museau que ses larmes ont roulé.

Parce que moi, je serai toujours là.

Les phrases se fracassent autour de moi, on s'agite, tout le monde est en émoi. Des bras m'empoignent, on me déplace, on me triture. Je ne sens rien, pas même la piqûre. Une vague de bien-être m'irradie. Je songe à tous ces magnifiques jours que nous passerons elle, moi et le seigneur. C'était l'année des M, mais elle m'avait appelé Trésor, car j'étais tout ce qu'elle avait jamais eu de plus précieux.

Treize heures pétantes

13 h

Autour d'elle, les hommes d'affaires s'affairent, spéculant entre deux féculents sur la marche du monde. Le serveur lui lance des coups d'œil indiscrets chaque fois qu'il frôle sa table. Une femme seule à cuver du cabernet, ça fait mauvais genre. Elle n'a pas pour habitude d'attendre. Pourquoi n'arrive-t-il pas ?

La rue, indifférente à sa détresse, poursuit sa monotone cacophonie. Une jeune fille promène son chien au bout d'une laisse. Ou serait-ce le contraire ? Des rires éclatent. Un groupe d'ados, sur sa droite, échangent de vifs commentaires sur des vidéos qu'ils se font passer de main en main. Une grand-mère semonce son petit-fils, qui ne se tient pas assez droit à son goût. Il a envie de faire une grimace, et ça se voit. La barmaid soupire devant un nouvel afflux de clients à une heure si avancée. Un couple, jeune sans aucun doute, se tient la main au-dessus de la table, se dévorant tellement des yeux qu'ils touchent à peine à leur assiette. Elle boit une nouvelle gorgée, pour se donner contenance, et courage. Elle se penche sur son téléphone. Toujours pas de nouvelles. Il aurait pu au moins prévenir. Elle ne supporte pas les retards, et encore moins les retardataires.

À présent, le serveur s'exprime dans un anglais approximatif à une table voisine. Elle le voit revenir vers la barmaid avec deux piécettes qu'il glisse dans un gros cochon rouge trônant sur le comptoir. Elle perçoit le cliquetis des euros – la tirelire n'est pas bien remplie – et se demande s'il n'est pas temps de régler l'addition pour elle aussi. Elle a honte. Honte de s'être déplacée, de s'être enfilé deux verres de vin, de s'être empiffrée. Elle a mangé tout le pain de la corbeille, malgré le régime qu'elle surveille. Déjà le bruit de la machine à café qui déraille l'assaille, et la forte odeur des grains la saisit aux narines. Elle peut attendre encore un peu. Elle évite de scruter à nouveau son portable et s'accroche à la rue qui poursuit sa route, oublieuse de ses vulgaires soucis à l'ère de la modernité.

Un pépé se déplace sur de frêles guiboles, un gamin manque lui décaniller sa canne avec son skate vintage. Le grand-père le fustige, le bambin est déjà loin, une époque les sépare. Il reprend sa piètre course, dépassé par un trentenaire les bras chargés de courses. Une jeune femme à vélo s'infiltre au milieu des passants, elle fait voler sur son passage un pan de sa robe et beaucoup de regards. Quelqu'un crache soudain, on s'écarte du chemin pour le reprendre aussitôt, l'esprit envahi par la journée à venir et son lot d'ennuis. Le chat a-t-il assez de croquettes ? Quel pot de peinture pour les toilettes ? Un téléphone sonne, dégobillant du David Guetta à travers la ruelle. Le propriétaire, un homme chauve et pressé, d'emblée décroche, la surprise marque jusqu'à son crâne dégarni.

Elle regarde l'heure, il est presque la demie. Cette fois-ci, elle ne tient plus, elle ne poireautera pas une seconde de plus : elle rassemble ses affaires et se fige. Le sang quitte son visage alors que la première balle la touche. Elle porte la main à sa poitrine et se couche. Des frissons parcourent l'assemblée, la Kalachnikov se met à pétarader. Les cuillères volent, les clients s'affolent, ça crie, ça s'effondre, le café se répand dans des mares de sang. La fumée se mêle à l'odeur de cramé, la chair brûlée retombe sur le sol, les additions volètent des tables où il n'y a plus personne. Envolés le grand-père, les bécots, les ados, la tirelire, le serveur, la jeunette, la jeunesse, les passants, les morpions, les sacs à puces et la vie dans la rue.

Et lui qui arrive enfin devant le resto, essoufflé, la gueule enfarinée, la mèche gominée. Il est 13 h 31. Prêt à dégainer son petit numéro, à blâmer le satané métro. Il a couru un peu. C'est qu'il avait traîné au boulot, beaucoup. *Heureusement qu'il a acheté des fleurs !* qu'il se félicite. Parce qu'il était en retard.

Heureusement qu'il a acheté des fleurs, qu'il se répète quand son bouquet de roses s'écrase sur le sol, sans bruit parmi les cris, étalant des pétales d'un rouge bien pâle. Parce que c'était leur premier rencard.

Heureusement qu'il a acheté des fleurs, c'est tout ce qu'il trouve à se dire. Parce qu'elle lui avait bien demandé d'arriver à l'heure.

À 13 h pétantes.

Insécurité permanente

14h ou bien 22 heures

C'était par un soir de pleine lune. Le vent chatouillait mon nez et remuait des souvenirs antédiluviens. Paraît que les soirs de pleine lune, notre sommeil est agité et que ça se réveille pas mal dans les maternités. Moi, je sais rien de tout ça, m'est avis que ces histoires de pleine lune, c'est comme les oasis dans les dunes, ça paraît vrai sur le papier, mais vaut mieux apporter sa gourde et pas trop s'y fier, parce que les statistiques restent à prouver. Toujours est-il que cette nuit-là, la lune était pleine, et moi pas, et que j'aurais préféré.

Je me serais affalé sur mon canapé, j'aurais allumé ma télévision, j'aurais pesté devant l'idiosyncrasie des présentateurs TV – pas une émission pour rattraper l'autre – à part peut-être Arte, mais je connais pas grand-monde qui aurait envie de finir sa soirée devant Arte – j'aurais marmotté en cuvant ce qui me passait sous le nez, je me serais endormi, de ce repos serein du chat qui vient de se bouffer trois souris, je me serais réveillé à 2 heures du mat, devant la gueule d'un mec qui a rien fait pour l'humanité, mais qui volète de mondanité en mondanité, je me serais dit quelle époque, et j'serais allé au lit, parce que c'est important de pieuter dans son lit. Bref, j'aurais fait tout ça, et j'aurais pensé que bon, c'est pas si mal pour un samedi.

Mais ce soir-là, j'ai pas picolé. J'ai rejoint Taran et Tino au Sylvestre, comme à notre habitude, on a fait des fléchettes, mais moi j'ai tourné à la limonade.

« T'es enceinte ? » qu'il m'a dit, Tino.

« Que t'es con ! » que j'ai répondu, parce que franchement, il était con quand il s'y mettait celui-ci. Même quand il ne s'y mettait pas, d'ailleurs. Des fois, je me dis qu'on a les copains qu'on mérite, et j'oublie vite, parce que c'est pas glorieux comme pensée, ni comme perspective.

« C'est pour avoir une chance de nous battre ? » s'est esclaffé Taran, qui venait de finir cul sec sa bière 1664 et qui faisait déjà signe au serveur pour qu'il en remette une. Taran était le seul gars que je connaisse à continuer à boire de la 1664 au Sylvestre, alors que, depuis que les jeunes à barbe soignée et bras tatoués avaient envahi les sièges en faux cuir élimé, le bar proposait des bières de Belgique, d'Allemagne, et même de la brasserie du coin. *Je suis fidèle à mes premières amours* » répondait-il toujours quand Tino le chambrait, et ça ne choquait personne qu'il emploie ce terme, alors qu'il avait jamais pu jurer fidélité devant quiconque, même pas son chien, qu'il avait fini par donner à son petit frère – *il était trop attaché, c'était pas sain pour lui* – une phrase que j'avais toujours trouvée ambiguë, parlait-il du chien ou parlait-il de lui ?

« Tu sais que ça change rien » j'ai marmonné en jetant un œil du côté du parking.

Du reste, ça ne changeait rien. Coup de pouce de la mousse ou non, je ne gagnais jamais.

« Bah alors, prends un pion, qu'est-ce que tu nous fais ? s'est agacé Tino, comme si le fait de ne pas me voir descendre du houblon gâchait sa propre délectation.

— Rien, j'ai juste pas envie de boire ce soir, j'ai rétorqué en prenant les trois fléchettes que me tendait Taran.

— C'est la meilleure, tu te prends pour une Miss France, maintenant ?

— Qu'est-ce que t'as dit ? j'ai repris en serrant les fléchettes dans les mains, les yeux sur le parking.

La grosse cylindrée était toujours parquée. Rutilante, de ce noir précis qui semblait crier à la face des paumés « Vous n'êtes que des ratés ».

— Quoi ? On ne peut plus rire non plus !?
— Tino, lâche-le un peu, il n'a pas envie de boire ce soir, ça va, c'est chiant, mais c'est pas un crime.
— Qu'est-ce que tu viens de dire ?
— Quoi, c'est vrai, non, tu veux pas boire, y a pas mort d'homme quoi, on peut continuer à jouer, il me reste que dix-sept points, a repris Taran, le nez sur le tableau des scores.
— T'as pas dit ça, tu as parlé de crime.

Le moteur de la voiture a toussoté.

— Eh vieux, c'est une expression ok, je prends ta défense, moi tu sais, tant que je peux boire ma pinte peinard...
— Qui te dit que j'ai besoin de ta défense ? j'ai jeté, un peu trop fort, j'en ai même renversé mon verre de limonade.

Les jeunes de la table d'à côté, de la mousse plein les moustaches, nous ont fixés, interrompant sans doute une conversation sur l'inflation des prix du mètre carré dans le quartier dont ils avaient, sans le savoir par leur présence, fait flamber la cote. L'un d'entre eux, lunettes carrées, sourire gentillet, nous a tendu une serviette, que je n'ai pas saisie, et qui a fini sa course, légère et molletonnée, sur le sol.

« Je sais pas bien à quoi tu joues, mais c'est pas aux fléchettes, faut te ressaisir vieux, tu nous fais passer pour des cons » a murmuré Taran en se baissant pour ramasser la serviette. Le jeune barbu a haussé les épaules et s'est déplacé vers le Juke box.

I was five and he was six...

La voiture s'est mise à rire. J'ai lancé ma première fléchette.

... *Bang Bang, he shot me down, Bang Bang...*

« Qui a mis cette chanson ?

— C'est le mec de la serviette. Qu'est-ce que t'as fait ? m'a demandé Taran.

— J'ai rien fait de mal ! j'ai hurlé en pointant les deux fléchettes qu'il me restait.

— 17 fois 3, le con, s'il fait 50, il gagne la p...

D'un geste, Taran a fait taire Tino et m'a regardé d'un drôle d'air. Puis, il m'a montré la cible.

— Ok, mon vieux. Tu vises là, et on en parle plus.

— Ouais, qu'on en finisse » a rajouté Tino, qui n'aimait ni perdre sa place, ni y être remis.

J'ai regardé le parking à nouveau. Puis la cible.

Ça vous est déjà arrivé d'être à un croisement, comme à un feu de circulation, mais de votre vie ? Un feu bicolore, face à deux options, et vous en choisissez une en sachant au fond de vous-même que vous avez pris la mauvaise décision ? C'est toujours bête, parce qu'on ne peut le savoir qu'après-coup, et après coup, on se dit, quel âne, j'aurais dû prendre l'autre option. Mais l'autre option était peut-être aussi débile.

Certains croient à des vies parallèles, mais moi, les maths, ça n'a jamais été mon truc, et puis ça changerait rien au fait que j'avais opté pour le feu vert, alors que tout indiquait qu'il était rouge. J'aurais dû savoir que c'était un mauvais plan. Parce que les bons plans qui ont l'air foireux au départ et qui finalement le sont pas du tout, c'est que dans les films que ça se passe. À la fin, le public rigole, et se dit « quand même, il a eu de la chance, fallait oser ». Mais dans la vraie vie, si cette pensée te traverse l'esprit, il y a de fortes probas qu'il faut pas y aller, qu'il faut tracer sa route et continuer à faire son boulot comme tout le monde, et être content d'avoir un chèque à la fin pour payer ses factures de croquettes et ses soirées picole du samedi.

Mais sur ce coup-là, je me suis dit, OK, pour une liasse de billets, conduire des belles cylindrées, d'un point A à un point B, je peux faire, j'ai le permis, en plus j'ai toujours eu un faible pour les grosses voitures, c'est cliché, je vous dirai, ce n'est pas moi qui ai fait les codes de cette putain de masculinité, je ne fais que perpétuer... La mission était simple, claire, et précise. Je récupère la voiture au point A, je roule sur 787 kilomètres, je la dépose au point B, je récupère mes billets, je rentre en train, et je paye le resto aux copains, avec la nouvelle chemise que je me suis empressé d'aller acheter. Y avait pas de lézard. Y avait pas de C.

Comme coffre. Comme curieux. Ou comme *c'était-trop-beau-pour-être-vrai.*

Alors, quand j'ai ouvert le coffre, juste comme ça, comme j'aurais pu ouvrir le capot pour vérifier les niveaux (787 kms, c'est un sacré trajet) et que j'ai vu la cargaison, j'ai refermé direct, et je me suis dit, « Ben oui, qu'est-ce que tu croyais ? ».

Je me suis installé au volant, et j'ai roulé.

J'avais vraiment pris la direction du GPS intégré, mais une demi-heure après j'étais au Sylvestre, parce qu'on était samedi, que je savais pas où aller, et que ma seule certitude était que Taran et Tino seraient là, comme tous les samedis, qu'on jouerait aux fléchettes, comme tous les samedis et dans le brouillard qu'était ma tête après l'ouverture du coffre, c'était la meilleure chose à faire, si ce n'est la seule chose à faire, un samedi soir, retrouver les copains, jouer aux fléchettes, et ne plus penser à la voiture noire qui aurait dû déjà avoir avalé une soixantaine de kilomètres sur ses 787, au lieu de se retrouver sur le parking d'un bar où l'émotion se mesurait au nombre que les fléchettes scoraient.

J'en étais là de mes considérations, je sais pas si c'est le coup de la limonade – franchement payer autant pour une eau à peine gazéifiée – ou du barbu avec sa serviette, ou Tino avec sa manie des fléchettes, ou tout simplement la sensation de certitude ressentie les mains sur le volant, le pied sur l'accélérateur, le bruit du moteur, une vraie publicité pour les *testostéronés*, quel enfer, mais j'ai pensé, pourquoi certains ont cette vie et moi celle-ci ? Après coup, on peut toujours trouver des raisons à nos gestes, une explication pour combler les trous qu'il reste.

Il se trouve que ce soir-là, pour la première fois de ma vie, j'ai visé la cible rouge, et, devant l'air ahuri de Taran et Tino, j'ai gagné ma première partie de fléchettes.

Et que je suis parti, idées claires et pied sur le plancher, dans la grosse cylindrée. J'avais du stock à écouler. Je savais pas grand-chose, mais le prix de la centaine de paires de Louboutin dans le coffre, ça, oui, je le savais.

Radicaux libres

15 h

Encore une de ces conneries d'idéologie à la con de carnivores en manque de protéines !

Frémissant de colère, il en oubliait de varier son lexique. D'un clic rageur, il parcourut l'article tapageur. La devanture d'un nouveau magasin de fruits et légumes avait subi les affres du mouvement des *Viandards*. Les carottes avaient été écrasées en purée informe, tout avait été piétiné, éventré, saccagé. On ne savait même plus d'où venaient les choux de Bruxelles. Une véritable boucherie. Pas sûr que cette analogie soit la plus appropriée.

Octobre 2065. Depuis la rentrée, les centres-villes étaient devenus les cibles privilégiées d'attaques plus viles les uns que les autres. Les militants ne reculaient plus devant rien pour créer le buzz autour de leur action pro-viande. Ces misérables bouffeurs de barbaque, ces donneurs de leçons, ces capteurs d'attention ! On ne parlait que d'eux en ce moment ! Il les avait en horreur, il les abhorrait, il les vomissait ! Voilà que son vocabulaire abondait, il se sentait déjà mieux. Il eut une idée.
    Il appela Gauthier sur-le-champ. Ils s'appelaient tous Gauthier au service com', comme si un tel prénom vous condamnait à finir les deux pieds dans le marketing ou les mains dans le consulting.
    — Tu as lu l'article qui vient de paraître dans le Citadin ? aboya-t-il quand on décrocha à l'autre bout du fil.
    — L'attaque chez *Légumavia* ?

— Je crois que ça pourrait être une opportunité pour nous !

— Enfin, pas sûr que les maraîchers soient d'accord… objecta Gauthier, à l'autre bout du fil.

— Ce n'est pas le moment de ramener ta fraise ! Ce mouvement cherche à semer la pensée carnassière dans le pays !

— Ah... semer, bien vu !

Il ne releva même pas. Sa priorité était ailleurs.

— Faut contre-attaquer ! reprit-il, enragé. Ça va trop loin. Ils ont commencé par leurs vidéos de saucissons, qu'on pique à l'apéro, *so rigolo* ! Comme s'il fallait de la rosette pour faire la fête. Puis ils ont continué avec leur « Die-In », à s'allonger sur le sol, les jours de marché, déguisés en saucisses. Maintenant, le vandalisme ! Faut que ça *buzze,* qu'on voie que ça, ce magasin transfiguré ! Ajoute des détails, de la tomate bousillée, des aromates broyées, faut montrer au monde entier qui sont vraiment ces gens, ces OGM, ces Omnivores au Génome Modifié, ces agressifs *surprotéinés* ! Ces viandards veulent nous faire la peau, en sapant le fruit de nos récoltes, ces mal-fagotés ! Des Cow-boys qui veulent du rhum avec leur steak ! Si on n'agit pas, on va se prendre un remake d'Hollywood, à la sauce barbecue !

Il s'étranglait presque à cette idée.

— Avec cet internet et ces groupuscules à dudules, les gens se détournent de nos légumes et n'avalent plus rien ! On ne doit pas les laisser imaginer qu'une alternative est possible avec des cochons en entrée, et des canards en laqué ! À bas les rillettes et les aiguillettes ! Faut leur rentrer dans leur cervelle de petit pois, qu'on a toujours mangé des légumes, que l'homme est végétarien depuis la nuit des temps, que même *Mo-Cragnon* se gavait de topinambours et qu'on ne peut pas démolir des millénaires de traditions et de culture !

— Bien trouvé... la culture !

— Si on ne prend pas le taureau par les cornes tout de suite, les carottes sont cuites ! hurla-t-il dans le combiné. Créons une émission de débat ! Faut que ça explose, que ça pète, comme une vache *overméthanée* !

Dans son agitation, il inventait des mots.

— Je veux des viandards sur tous les plateaux ! On met les plus agressifs, ceux qui sont bêtes à bouffer de la viande ! Des gens qui n'ont rien dans le citron, qui croient en leur cause, et qui vont se ratatiner contre le premier alinéa de nos poncifs bien pensés ! Je veux des T-shirts saugrenus avec des logos « *Les gens bons aiment le jambon* » ou « *L'aubergine is not ma copine* », ce que vous voulez, c'est votre boulot ! Mettez toute l'équipe dessus, JE VEUX EN FAIRE DE LA PURÉE DE CES ESPÈCES CARNÉES ! Est-ce que c'est clair ? Clair de terre ???

— Euh, oui, c'est clair de... terre, répondit Gauthier.

— Nos chiffres sont déjà au plus bas avec les autres *éco mondialistes* qui surveillent nos méthodes de production. « *Tomato killer* » qu'ils m'appellent, en anglais de fumier, parce que selon leur charte de charlatans, on traite mal nos légumes, on les empeste de pesticides ! Rappelle-toi l'affaire des fermes aux mille salades ! Bon sang, ça a été si dur de regagner la confiance des consommateurs ! Et avec YouTube et toutes ces assos de pseudo-chercheurs qui mettent en garde contre les effets de la betterave sur les os ! Purée ! Depuis trente ans, on biberonne les bébés au jus de betterave, et ils en redemandent ! Ils ne nous auront pas. Grille-moi ces *Viandards* une fois pour toutes !

— Je vais prévenir Gauthier, le chef publicité.

— Si les gens réalisent qu'il y a une autre vie, c'en est fini de nos champs de riz, nos industries, nos salsifis !

Il suait, il transpirait, il gouttait, le visage en ballon, rouge et hystérique.

— Mon chéri, prends une grande respiration…

— Mon chéri ?! On n'a pas élevé les cochons...

« Gauthier, mon chéri ? Tu t'es endormi ! »

Gauthier se réveilla en sursaut, relevant la tête du clavier, le corps tremblant, sa copie trempée. Il mit du temps à retrouver ses esprits et à reconnaître autour de lui les contours de son bureau. Debout, un tablier vert autour de la taille, sa mère lui pressait doucement le bras.

« Tu travailles trop mon grand, j'ai fait des crêpes à la farine de millet, tes préférées. Viens faire une pause si tu veux, avant que ton père ne mange tout… » glissa-t-elle avant de sortir de la chambre.

Il n'était pas certain d'avoir faim. Il se redressa un peu sur son siège. Sur son cahier à carreaux, s'étalait sous la date du 18 octobre 2018, le sujet de géographie de M. Nagev.

Au regard des enjeux environnementaux, manger de la viande sera-t-il toujours compatible avec la société de demain ?

Son ordinateur était allumé. Les vidéos d'abattoirs de L214[6] continuaient à défiler sur YouTube.

Il lui restait encore tout à écrire.

---

[6] *L214 est une association loi 1908 qui œuvre pour la protection des animaux, reconnue pour ses actions et ses vidéos qui exposent les conditions d'élevage, de pêche et d'abattage des animaux.*

Dans ma Bulle Terrier

16 h 20

« Êtes-vous bien certaine, je valide ? »
Adelia hésita. Elle devait se protéger, nul doute là-dessus, mais devant l'avalanche de choix, pourtant affinés grâce aux questions de l'agent et aux déductions des algorithmes, elle chancelait. Elle se pencha à nouveau sur l'écran de présentation et les résultats de la sélection.

Bulle d'Air. De Savon. D'Ozer. D'Oxygène. Teint. Eau. Terrier.

Son regard glissa sur le « Savon » puis sur « Terrier ». Elle se sentit soudain encore plus petite et vulnérable dans ce cubicule à la décoration minimaliste : un ordinateur, un ficus, et un gigantesque poster où l'on vantait les bienfaits des Bulles. Elle se prit à regretter d'avoir passé la porte de la société Glow-Bulle. Comment avait-elle pu imaginer régler ses soucis en pénétrant dans ce bâtiment aux allures de cabinet dentaire ? Puis elle repensa au petit-déjeuner où elle avait encore pris son compagnon pour cible.

*

Dorian était installé à la table du salon, comme à son habitude, les yeux sur son téléphone, un café à la main, en train de survoler des dizaines d'articles. De s'informer, comme il aimait à le préciser.

« Il te reste du café si tu veux, avait-il lancé, décollant à peine les yeux du smartphone.

— Tu sais bien que je préfère le thé, avait-elle maugréé.

— Oui, mais bon, il y en a de prêt, si jamais. C'est tout ce que je dis.

— T'en as pas marre de lire toutes ces conneries ? avait-elle soufflé, en se servant un sachet de thé organique, où une inscription lisait « Que ce jour soit celui qui nous mène à la joie ».

— C'est le petit-déjeuner, Adelia. On en a déjà parlé. Tu sais que c'est pour mon travail.

— Ah, je ne savais pas que se taper les *tweets* de tous les zozos de la Terre figurait sur ta fiche de poste, avait-elle rétorqué, grinçante.

— Je me dois, oui, de me tenir au courant de ce qui se passe dans les actualités et en plus, ça me plaît.

— Ça te plaît de lire des horreurs tous les jours ? De savoir qu'on pille les sols ou qu'on torpille des forêts ?

— Bien sûr que non, ça ne me réjouit pas, tu as le chic pour déformer tout ce que je dis. Mais c'est le monde dans lequel on vit, Adelia ! Que veux-tu que j'y fasse !?

— Que tu cesses d'ingurgiter toutes ces ordures ! s'était-elle écriée, en jetant le sachet de thé Zen à la poubelle.

— Écoute, Adelia, je n'ai franchement pas envie d'argumenter avec toi, dès le matin en plus…

— Ah, trop matinale pour la vérité, mais pour Twitter, pas de problème ?

— Je suis fatigué Adelia. Tous les jours, c'est la même rengaine, je sature là. Faut qu'on trouve une solution, ça ne peut plus durer.

Il avait enfilé sa veste et était sorti, laissant son café encore fumant sur la table.

— Tu as raison, barre-toi ! C'est ce que tu fais de mieux ! » avait-elle hurlé en balançant la tasse brûlante sur le mur. La porcelaine s'était fracassée. La porte d'entrée n'avait pas bronché.

Adelia s'en était aussitôt voulu, la tasse faisait partie d'un de ces sets que l'on voyait dans toutes les enseignes, mais ils l'avaient acheté ensemble, quand ils avaient emménagé dans leur petit appartement. Elle avait cherché dans les placards un torchon propre pour essuyer les taches de café sur les murs. N'en avait pas trouvé : Dorian avait oublié de lancer la machine, évidemment. Elle s'était rabattue sur un tablier roulé en boule au fond d'un placard.

Frottant comme une forcenée, Adelia avait alors songé à toutes les méthodes qu'elle avait essayées dans le passé : la *médisation,* une pratique consciente des médisances, sans résultat ; la *safranlogie*, une cure d'inhalations, inefficace – elle était persuadée qu'on lui avait remplacé le safran par du paprika doux – et même le *Goya,* un enchaînement de postures et de tubes de la chanteuse de Bécassine. Elle n'y avait gagné qu'un vilain tour de rein et une belle migraine. Rien n'avait fonctionné. Depuis des mois, ses idées noires ne la quittaient plus, la tête en une grosse pelote de laine en guise de boîte crânienne. Dire qu'elle avait failli tester la religion, jusqu'à s'arrêter un soir dans la première église venue – le prix des cierges l'avait quelque peu refroidie.

Dorian avait raison. Il finirait par perdre patience. *Et si elle le perdait, lui ?* Il fallait qu'elle agisse. *Et vite.* C'est là, en cherchant sur son téléphone comment faire partir de manière efficace les marques de café sur un tablier – elle avait déjà cassé une tasse, elle n'allait pas non plus jeter un tablier – qu'elle tomba sur cette annonce publicitaire :

AVEC GLOW-BULLE, STOP À LA FABULE ! CRÉEZ VOTRE PROPRE BULLE ! VOTRE VIE EST UN FIL, CESSEZ D'EN ÊTRE LE FUNAMBULE !

*

— Est-ce que je valide votre dossier ? L'agent la fixait de ses yeux globuleux où elle crut discerner une once de lassitude. Cela faisait tout de même plus d'une heure qu'ils bataillaient sur le dossier. Mais que valait une heure de guerre administrative au regard d'une vie de paix intérieure ?

Adelia prit une longue inspiration. Elle désirait vivement offrir à son corps et son esprit un espace où elle pourrait se lover, dans un cocon protecteur où l'absurdité et la violence du monde ne pourraient plus l'atteindre.

— Oui, je valide.

— Dossier *Bulle-Terrier* validé. Vous êtes dès à présent…

Il y eut un flash lumineux. Elle n'entendit plus rien, se sentant traversée d'une sensation chaude et réconfortante. C'était doux comme un duvet en plumes.

— … ainsi vous conserverez cette protection jusqu'à votre dernier souffle, c'est un traitement irréversible, vous ne pourrez en aucun cas sortir de votre bulle, comme mentionné dans notre contrat légal à l'article 39.4. Votre bulle reste invisible à l'œil nu, la seule marque de votre protection est nichée au creux de votre poignet droit.

Elle vit en effet un liseré doré, représentant la tête allongée d'un Bull Terrier. Elle l'aimait déjà.

— J'espère que mon chien montera bien la garde, murmura-t-elle.

— Toutes les mauvaises images, idées et pensées seront détruites dès leur formation dans votre cerveau. Les vidéos jugées négatives seront effacées de vos contenus disponibles et lorsque les législations obéiront à d'autres chartes que la nôtre, celles-ci seront floutées. Notre compagnie détient les meilleurs outils technologiques du marché, soyez-en assurée. De plus, vous avez opté pour une protection des plus performantes, avec mises à jour automatiques, ce qui explique l'incompatibilité intrinsèque de votre gamme de bulle.

— Incompatibilité intrinsèque, c'est-à-dire ?

— En d'autres termes, vous ne pourrez plus entrer en contact physique avec des individus protégés par des bulles autres que celle que vous avez sélectionnée, à savoir dans votre cas, la *Bulle-Terrier*. C'est stipulé en bas du contrat. D'autres questions ?

— Euh... non.

— Alors, bonne vie à vous !

Et ce fut tout. L'instant d'après, Adelia se retrouva seule dans la rue, emmitouflée de son halo protecteur. Les bâtiments autour d'elle ne lui parurent plus aussi tristes et gris. Au contraire, sous ses yeux, ils prenaient vie. *Que cette porte était jolie ! Et ces persiennes qui vous sourient ! Des rats, non, de jolies souris !*

Elle glissait maintenant sur le trottoir, une patineuse sur de la glace, slalomant entre les déjections de chien qui tachaient le bitume. Elle ne les remarquait plus. Les noms d'oiseaux des chauffeurs de taxis ? Des symphonies ! Les klaxons des cyclistes empressés de rentrer leurs statistiques sur *Strava* ? Des odes à la joie. Elle s'arrêta devant une boutique de bibelots. *Tant de beauté, quel bonheur !* Elle entra dans le magasin, elle trouverait bien un cadeau pour se faire racheter, Dorian lui pardonnerait, Dorian l'aimait, elle lui achèterait une nouvelle tasse, il oublierait l'ancienne, et ils en riraient le week-end en buvant leur café ensemble, Dorian dirait « sacré toi alors » et ils s'aimeraient comme avant, avant ce flux continu d'actualités.

Adelia ressortit en sifflant de la boutique – elle avait craqué sur une tasse bleue où s'inscrivait *Forever Love*, c'était cliché, elle s'en fichait, c'était mignon en anglais – et se précipita vers l'abribus, elle prit celui de 16 h, impatiente de retrouver son Dorian. La radio diffusait les informations, mais elle n'entendit rien, le son était recouvert par un air d'Yves Montand ou de Charles Trenet, elle ne savait plus trop, mais ça fondait dans ses oreilles, du chocolat en fa-si-la.

Elle sourit tout le trajet. Même lorsque Montand – ou Trenet – baissa la voix pour laisser passer les résultats sportifs. La victoire de la Juventus l'enchanta, elle se mit à applaudir, bien qu'elle ne sache ni de quel tournoi de foot il s'agissait, ni de quelle équipe. *Comment avait-elle pu vivre tous ces mois sans cette bulle ? Tout cet argent envolé dans des activités sans aucun résultat, jamais ! C'était du passé.* Adelia flottait à présent.

En ouvrant la porte, elle trouva Dorian assis tranquillement dans le salon, les doigts sur son téléphone, un sourire sur les lèvres. *Qu'il était beau son Dorian, ainsi sur son portable, connecté aux autres, à défier les idées et les fuseaux horaires avec son smartphone.* Il lui adressa un petit signe de la main.

Adelia s'élança, le cœur bien haut, le corps tout chaud, puis poussa un petit cri. La petite tasse à café bleue tomba de ses mains et s'explosa sur le sol. *Forever* se détacha de *Love*.

Au creux du poignet droit de Dorian, se dessinait le liseré doré, d'un *Bulldozer*.

Plage de rêve

17 h 30

— Non mais t'es sérieuse ? T'en as trop mis là ! s'écrie Zora en regardant avec horreur son amie.

— Ben quoi, tu m'as dit qu'il fallait se protéger la face, alors je me protège ! proteste Cléa, les mains si poisseuses qu'elle doit s'essuyer à un bout de t-shirt qui dépasse de son sac.

— Meuf, avec toute la crème que tu t'es foutu sur la tronche, tu peux te faire un croissant !

— Moi j'ai pas ta peau, j'te signale, je me fous au soleil, c'est mort, je crame sans passer par la case départ ! J'suis une descendante d'écrevisse, prête à m'étaler sur les stands à côté des moules et des huit ou ch'ais pas quoi !

— Elle me vend des chiffres ! J'en peux plus, j'te jure ! Des huit ! On dit des HUÎ-TRES !

— Oh ça va, te la raconte pas non plus Zora, je suis sûre que t'en as jamais mangé. En vrai, c'est trop *chelou* ces trucs, on dirait un mollard de ouf !

— Mais très chère, vous ne comprenez pas, les huîtres, c'est le summum du raffiné, les adultes, ils adorent, ils kiffent, ils bavent rien qu'à l'idée de cette glaire qui descend le long de leur gosier… s'exclame Zora de sa voix haut perchée, celle qu'elle prend pour imiter Mme Gaspard, leur professeure d'anglais, qui se trouve être aussi – hasard des emplois du temps – leur professeure principale.

— Mon bro, il t'en fait direct des mollards comme ça, sans chichis, sans rien, en direct du producteur et tout et tout…

— Vas-y, Cléa, c'est dégueu, t'as pas d'autres sujets de discussion que la morve de ton frangin franchement ?

— C'est toi qui fais ta dame, genre maintenant tu bouffes des huîtres, alors que dès que tu trouves des morceaux dans ton yaourt, tu te vomis presque dessus !

— Non, mais on ne joue pas dans la même cour là, les huîtres, c'est les embruns, la mer, les algues, l'iode, c'est un mélange de saveurs, que dis-je, c'est une explosion de saveurs, alors que pour tes yaourts, c'est clairement le mec à la tête de la yaourtière qui a vrillé ! Faut choisir, soit t'es liquide, soit t'es solide, t'es pas entre deux chaises quoi, la vie ne fait pas de cadeau aux mal assis !

— Grave ! Ça me donne envie de fumer quand tu fais ton cinoche. File-moi une clope au lieu de faire ta « Binoche », j'en ai plus ! réclame Cléa en ne trouvant pas les siennes dans son sac.

— Juliette Binoche ! Merci la réf ! Tu regardes encore les films en VHS toi, non ? T'avais pas arrêté de fumer d'ailleurs ?

— Oh, t'es pas ma mère ! C'est les vacances ! J'arrête en septembre, déjà. Juillet, n'y a pas pire pour arrêter de fumer !

— T'as raison, en plus avec le soleil qu'il fait, t'as pas besoin de briquet, elle se transforme direct en « Salamèche » ta tige.

— Salamèche, elle est bonne celle-là !! Tu devrais faire un *one-man show* toi !

— Un *one-woman show* alors ! reprend Zora en rigolant et en ouvrant son sac de plage pour en sortir un paquet de longues cigarettes fines et mentholées.

— Qu'est-ce que tu racontes ? demande Cléa, qui a toujours associé l'apprentissage de l'anglais au pudding : une matière curieuse et ultra fade.

— *Woman*, faut dire *woman* ! Attends, tu la vois pas assez bien ma came ? Tu veux la voir de plus près ? 100 % naturel, pas de chaussettes, pas de silicone, rien ! ajoute Zora en se tâtant exagérément les seins comprimés dans son maillot une pièce. T'as pris option « coquille vide » au collège ou quoi ?

— J'te signale que je suis dans la même classe que toi et qu'on est assises à côté à tous les cours ! rétorque Cléa en prenant la cigarette que Zora lui tend. Elle tire une première latte, toussote.

— Ben, ton cerveau n'a pas encore reçu la 5G !

— T'es vraiment une *bitch* en fait Zora !

— Bah tu vois que tu parles anglais ! Mme Gaspard serait ravie si elle t'entendait ! Je vois trop sa tête ! Cléa, *« it is amaaazing »* !

— Ça va, tout le monde n'a pas tes capacités… bougonne Cléa en tirant une nouvelle bouffée.

— Allez fais pas ton boudin de charcutier du coin, c'était pour rire ! Tu m'as trop tendu une perche ! Je suis désolée, ma Cléa d'amour, passe-moi le *Closer* steuplé, qu'on se marre un peu ! C'est l'été, la cellulite est de sortie. Je suis sûre qu'en vrai, Emilia Clarke, elle a les fesses aussi rugueuses que son dragon !

— Mouais, c'est pas dit... C'est dingue, y a forcément un truc, les stars, même quand elles pondent un gosse, elles portent un bikini deux mois après, l'air de rien, genre « j'ai juste un peu abusé à Noël » ! Et moi, je bouffe que des concombres depuis lundi, et je vois pas la diff' ! Même ma balance elle comprend pas !

— C'est sûr que t'es pas près de figurer dans le nouveau numéro de *Closer* ! Ou alors, dans les gros titres, « Phoque échoué sur une serviette de sable, la faute à un excès de muffins » ?

— Trop comique Zora… Déjà, j'ai pris qu'un muffin, et c'est toi qui me l'as filé pour le goûter. La clope, c'est censé faire maigrir en plus ! Je dois avoir la maladie de la guitare !

— MDR, ce qu'il faut pas entendre !

— Ben quoi ? Toi l'intello, comment tu expliques que ça ne finisse jamais dans les nichons mais toujours sur les hanches !?

— Bon, c'est pas tout, ta crise existentielle Clé-Clé, mais ma reum ne devrait pas tarder à rentrer, on plie tout ? propose Zora, en commençant à rassembler ses affaires.

— Ouaip, de toute façon, il est nase ce *Closer*, on parle que de Céline Dion qu'est méga maigre, tu parles d'un scoop, répond Cléa en repliant sa serviette.

— Attends, j'ai Emilia Clarke en bikini sur Insta ! s'exclame Zora soudainement. Oh merde !

— Quoi ? Qu'est-ce qu'elle a ? s'inquiète Cléa en fourrant sa serviette dans son sac.

— C'est une *be-bom*.

— Pff, on naît pas tous sous le même soleil.

— Tu l'as dit bouffie, même plage horaire demain ? demande Zora en remettant son T-shirt et son bas de jogging.

— Carrément, je vais ramener du Monoï par contre, tu me saoules avec ton bronzage « naturel » !

— Hé, Cléa ! Tu sais que tu es mon phoque préféré ?

— C'est ça ! Faut vraiment que tu le fasses, ton *one « woman » show* ! lâche Cléa en refermant derrière elle la porte de la chambre de Zora, qui planque aussitôt les magazines *Closer* sous son lit et qui ouvre encore plus grandes les fenêtres. Pour évacuer l'odeur de cigarette... et pour laisser passer les derniers rayons de soleil qui baignent sa chambre du 9e étage de la cité des Tournesols de Pierrefitte-sur-Seine, quartier des poètes.

Figure d'un père

Fukuoka 福岡市,
Japon 日本.

18 h

Ils sont assis l'un en face de l'autre, enveloppés par les vapeurs des *Tonkotsu ramen* qui émanent du restaurant où ils se sont donné rendez-vous.

On est fin septembre. Haru vient d'obtenir son master d'ingénierie urbaine et environnementale à l'université de Kyushu. Cinq années plutôt compliquées, à travailler d'arrache-pied pour réussir à décrocher ce sésame. Il ressent de la fierté, et il a envie que Daisuke, ce père qui le regarde d'une mine austère, la partage aussi. Ils se dévisagent tous les deux, ne sachant trop quoi se dire. D'un signe de tête, Haru fait s'approcher la serveuse. Il veut boire un saké. Il en commande deux. Daisuke semble approuver, et se lance enfin.

— Mon fils, je suis extrêmement fier de toi ! Tu as travaillé dur pour obtenir ce diplôme et ta mère serait honorée de savoir que tu es devenu un beau garçon diplômé ! Ah ça, un master, ce n'est pas donné à tout le monde !

Les sakés arrivent à ce moment-là. Ils les avalent avec une avidité non feinte. Daisuke remet une tournée, qu'ils boivent avec la même fébrilité.

— À ta santé, fils, tu le mérites.
— Merci, père.

Daisuke, échauffé par l'alcool de riz, le regarde avec une bienveillance toute nouvelle. Haru fixe ses pieds, gêné. Les mots lui manquent. Dans sa tête, des points d'interrogation. Il aurait tant de questions à lui poser. Mais tout se dissout dans le saké. Il s'est souvent imaginé ce qu'il lui dirait. Tout s'est envolé maintenant. Le père mène la barque, prend les commandes, s'exclame à la serveuse que c'est la fête, qu'on ne devient pas tous les jours un grand garçon.

— Quels sont tes projets maintenant ?
— J'ai reçu des propositions pour travailler dans des ONG.
— À l'étranger ?
— Non, ici, à Tokyo, Osaka et même... Fukushima. J'ai obtenu de solides références grâce à mes stages.
— Fukushima, oui...

Une ombre passe sur le visage du père. Il profite de l'arrivée de la serveuse et des bouillons de nouilles pour se reprendre.

— Enfin, regardez-moi celui-là ! Il décroche des offres à travers le pays ! C'est magnifique ! Alors, tu vas pouvoir te trouver quelqu'un et te marier, comme ton vieux père !
— Je n'en suis pas encore là. Ça arrivera, si ça doit arriver.
— Allons, seul, on est bien, à deux, on est heureux !
— C'est ce que maman disait toujours.
— Oui, bien sûr, bredouille Daisuke, en plongeant ses baguettes dans le bol.

Un silence s'installe, interrompu par les lourdes lampées que font père et fils. Daisuke fait mine de se démener avec ses nouilles. Il comprend que le saké ne suffira pas face à ce que Haru s'apprête à lui annoncer.

— J'aurais voulu que vous soyez là. Maman, bien sûr, mais toi aussi.

Daisuke se raidit.

— Pourquoi tu es parti ?

— Je ne sais pas, fiston. J'étais bouleversé, j'étais perdu. Après la mort de ta mère, c'était compliqué. Je ne pouvais pas. Je n'ai pas pu rester à Fukushima. J'ai pensé...

Daisuke cherche du soutien du côté de Haru. Mur de silence.

— J'ai pensé que si je t'emmenais avec moi, je t'offrirais un futur incertain. Ce n'est pas ce qu'aurait voulu ta mère. Elle te voyait poursuivre une brillante carrière. Et moi, qu'est-ce que je t'aurais apporté ? J'étais pêcheur, Haru.

— Je t'en ai tellement voulu, lâche Haru en se penchant vers son plat.

Les larmes lui picotent les yeux.

— J'aurais voulu que tu me soutiennes, poursuit-il tête baissée.

— Je le regrette, et le regretterai jusqu'à mon dernier souffle.

Haru continue de manger, fuyant le regard de Daisuke.

— Haru, pas un jour ne s'est passé sans que je pense à toi, reprend Daisuke. Je savais qu'on prendrait soin de toi et qu'ici, à Fukuoka, ta tante pourrait t'offrir le meilleur. Regarde, tu es diplômé ! Et puis, c'est dans le cœur que les êtres aimés sont liés.

— Tu aurais pu m'écrire ! Ou me téléphoner !

— Je prenais des nouvelles régulièrement, Haru. Mais j'avais tellement honte, je voulais juste entendre que tu allais bien parce que ton pauvre père... enfin...

Daisuke bafouille, il doit chercher au plus profond de lui-même.

— Parce que... je t'aime mon fils.

C'est peut-être du vent, mais ces mots l'ébranlent, ce sont ceux que Haru est venu chercher. Il regarde cet homme dont l'assurance tremble, ratatiné à présent sur son siège. Haru se lève et le prend dans ses bras. Daisuke se laisse faire, paraissant si fragile dans les bras de ce fils. Déjà, l'heure est venue, il le sait. Les bols sont vides, les cœurs lourds, et ils n'ont plus de raison de s'attarder. Ils marchent tous deux vers la sortie. Haru se tourne une dernière fois vers ce père qu'il a encore envie de sentir contre son corps. À la place, il lui tend une main timide et lui glisse une enveloppe entre les doigts. Puis il disparaît dans la foule frénétique de Fukuoka, silhouette solitaire se noyant dans l'océan du soir.

Daisuke pousse un long soupir. L'entretien avait été plus éprouvant qu'il ne l'avait imaginé. Il ouvre l'enveloppe et y voit des billets, la somme convenue, et un simple petit mot « merci ». Son cœur se serre. Mais il ne peut s'appesantir. Son téléphone clignote sous les notifications.

```
         NOUVELLE MISSION
          Prénom : Makoto
     Rôle : Oncle de la jeune Akiko
     Rendez-vous : Le Brick, quartier de
                  Daimyo.
         Horaires : 20h 00 - 21h30
   Objet : Présentation de son petit-ami
          ACCEPTER OU REFUSER ?
```

Makoto ? Daisuke en rirait presque. En langue japonaise, cela signifie « sincérité ». Il clique sur accepter.[7]

---

[7] Ce récit s'inspire d'une pratique existant au Japon, notamment par le biais d'agences comme la Family Romance où la société propose un panel de plusieurs centaines de comédiens pour revêtir le rôle de mari, d'épouse, de frère, de sœur ou encore d'ami(e) selon les demandes de ses clients. Pour Yuichi Ishii, le fondateur de cette entreprise, il pallie une absence jugée insurmontable auprès des personnes qui font appel à ses services.

Effets secondaires

19 h 58

Reidel lève son bras machinalement, la tête enfoncée dans son oreiller, un filet de bave ornant le tissu à fleurs violettes d'un coussin que sa mère lui avait offert en guise de cadeau de crémaillère.

« Le juge ! » est la première pensée de Reidel, suivie de près par un juron moins glorieux lorsqu'il sent la matière visqueuse sur sa joue droite. Il cherche l'interrupteur, allume la pièce et regarde sa montre. Pas possible, il a dû se rendormir, ou alors son réveil est débranché – ou bien cassé – et dans les deux cas, n'a jamais pu sonner. Pas le temps de traîner sur la métaphysique électronique, il doit filer à son rendez-vous. Où a-t-il mis son costume ? En même temps, est-ce le costard qui est de mise quand on passe devant un juge ? Ce qu'on s'en pose de ces questions existentielles dans le monde, soupire-t-il. Reidel farfouille dans son placard – des pulls, des joggings, des t-shirts unis – ses yeux s'arrêtent sur une chemise à motifs d'ananas, l'envisagent et reviennent au reste de la penderie. Il ne le trouve pas. Il passe au plan B. Une cravate suffira. Il en déniche une parmi ses slips, des reliques de coton un peu rêche qu'il s'est promis un jour de changer et dont les élastiques tiennent encore bon.

La cravate est rouge Bordeaux. Avec, dessiné sur le dessus, Garfield, le célèbre chat roux. Ça fera l'affaire. Il n'en a pas d'autre, et puis, qui dit que les juges n'ont pas gardé une âme d'enfant, voire un léger sens de l'humour ? On est en 2020 après tout, les codes ont changé. Son pantalon est un peu lâche. Il n'a jamais eu de ceinture, par principe de rébellion (se laisser emprisonner la taille par du cuir, ça n'avait jamais été le délire de Reidel). Il n'aura qu'à tenir le pantalon pendant l'audience. Ça lui évitera de ne pas savoir où mettre ses mains. Ça fera sérieux.

Il se précipite dans le métro parisien. Sur les sièges d'en face, deux hommes le saluent d'un signe de tête. Une politesse inhabituelle à laquelle Reidel s'apprête à répondre maladroitement – c'est qu'on en perdrait l'habitude – lorsqu'il remarque un détail : leur cravate. Les deux hommes portent la même cravate. Que la sienne. Rouge Bordeaux avec un Garfield sur le devant.

Reidel n'est pas statisticien, mais la probabilité de porter la même cravate à l'effigie de Garfield ne doit pas dépasser celle de clapser écrasé par une noix de coco sur une plage en Australie. Il commence à transpirer et desserre le col de sa chemise. Il lève les yeux et compte les stations qui le séparent de son point de chute. Plus que huit. Huit stations, dans une vie, c'est dérisoire. Il pense soudain à Einstein et sa théorie de la relativité. Il chasse le physicien de son esprit, qui lui tire la langue. Reidel scanne la rame de métro. Il n'y a presque personne.

8. À sa droite, une femme bouclée avec un beagle dans un sac violet.

7. À sa gauche, un pépé qui bigle sur un hebdomadaire froissé.

6. Reidel s'éponge le front. Il se rapproche de la porte et s'accroche à la barre. Le beagle se met à aboyer. Le vieillard lève les yeux de son journal et se râcle la gorge.

« Tommy, calme-toi, Tommy » susurre sa voisine en caressant son sac violet.

Reidel jette un coup d'œil vers les deux hommes qui n'ont pas moufté, les jambes raides et les cravates droites.

Plus que cinq stations. Cinq stations, chacune faisant en moyenne une minute trente… Le Garfield de gauche lui fait un clin d'œil.

Les chiffres dans sa tête se bloquent, un vélo déraillé dans le cerveau. Il faut qu'il descende. Tout de suite. Ce ne peut être une coïncidence, il n'y croit pas aux coïncidences, pas plus qu'aux baskets à scratch et aux bienfaits de la 5G. Il sait. Il sait qui sont ces deux hommes. Les agents Matt et Thou envoyés par la Haute Instance. Qui veulent sa peau. Qui veulent lui piquer ses travaux. Qui veulent le piquer tout court. Avec ses recherches sur la Chloroquine, il se sait dans leur collimateur. Reidel appuie plusieurs fois sur le bouton d'ouverture des portes.

« Ça suffit Tommy, ça suffit Tommy » répète la dame aux boucles à son beagle, qui beugle de plus belle.

Soudain, Reidel débloque : il saisit le sac violet.

« Que personne ne bouge ou je fais la peau au petit toutou ! » crie-t-il en désignant le petit Tommy. La femme étouffe un cri et devient toute rose. Les deux hommes échangent un regard interloqué. Les portes s'ouvrent enfin.

Reidel s'élance et, sans réfléchir à sa future cote de popularité à la SPA du quartier, balance le sac violet. Le petit Tommy réalise un grand cercle dans les airs, avant de retomber sur le journal du vieillard. « Hé, vous ne pourriez pas faire attention » s'agace ce dernier : il avait déjà perdu la vue, et maintenant, sa page.

En un lever de coude, l'agent a déjà récupéré le sac violet et l'a retourné à sa propriétaire au teint violacé. « Page 12, troisième paragraphe » s'écrie-t-il avant de se jeter après le fugitif. Le beagle n'a pas aboyé.

Reidel est déjà loin, il n'entend plus rien. Il court comme il n'a jamais couru. Même au cross du lycée pour impressionner les classes de terminale alors qu'il n'était qu'en seconde, il n'a jamais autant poussé la vitesse. Il ne sait plus où il est. Il faut qu'il sorte des bouches du métro. Il faut une sortie – Châtelet, Belleville, Bonne Nouvelle – n'importe, mais une sortie.

Des marches. Des marches vers la sortie. Reidel n'est plus très loin, son cœur va exploser et transpercer sa belle chemise. Les hommes semblent se rapprocher de plus en plus. Il saute quatre à quatre les marches, il sent de l'air soudain. Pourtant il n'est pas encore sorti. L'air lui vient… d'entre les jambes. Son pantalon vient de lui glisser sur les chevilles. Il n'a pas le temps de le remonter. Matt et Thou ne sont pas loin, plus que quelques marches, et la liberté, plus que quelques marches et le voici place de la République, en caleçon, la cravate Garfield souriant dans son dos.

« Reidel ! Arrêtez-vous ! » s'écrie une voix semblant venir des entrailles du métro.

Reidel avise la place, il n'a qu'une solution pour leur échapper. Il a vu ça dans les films des centaines de fois. Il faut que ça marche. Comme avec le petit Tommy. OK, c'était déjà limite avec le cabot. Il traverse la route et se met à agiter les bras. Une voiture pile à trois centimètres de lui. Une Twingo vert bouteille. À son volant, une quinquagénaire, les yeux écarquillés derrière ses lunettes bleu turquoise. Reidel s'engouffre dedans. Comme dans un film. Avec un budget très serré.

« La grotte, conduisez-moi tout de suite là-bas, où je fais péter votre *Danette* de voiture » gueule Reidel, en menaçant de sa cravate la conductrice qui en fait tomber de panique ses lunettes sur le plancher de la voiture. Elle enclenche la première sans savoir où se trouve ladite grotte, et écrase la pédale d'accélérateur : on entend un crac dans l'habitable. *Que peut bien valoir une paire de lunettes, quand on se retrouve avec un type en caleçon et cravate Garfield sur la banquette arrière ?* relativise en son for intérieur la conductrice. Et puis, elle possède une bonne mutuelle.

La Twingo s'éloigne, à 30 km/h – sans ses lunettes, la conductrice n'est pas à l'aise – ce qui suffit pourtant à distancer les agents Matt et Thou qui semblent déjà abandonner la course, engoncés dans des costumes pas vraiment conçus à cet effet. N'est pas James Bond qui veut, se réjouit Reidel, en se cognant contre l'appuie-tête de la chauffeure quand il tente de remonter son pantalon. Tant pis pour le juge. Il pourra toujours s'expliquer. Oui. Le juge comprendra.

*

« NOOOON ! Je peux tout vous expliquer, M. le juge ! Ne me piquez pas, je vous en supplie ! J'avais même réglé mon réveil ce matin à 6 h ! Pour être sûr d'être à l'heure ! Et une cravate ! Garfield ! Je me suis dit que vous auriez un peu de clémence, un peu d'humour quoi ! C'est tout ce que j'avais sous la main, je ne trouvais plus mon costard ! Celui qui me fait ressembler à James Bond ! Puis, je me suis retrouvé dans le métro, et je les ai vus ! Les agents ! Ils m'ont pourchassé ! Jusque dans la grotte ! Ils m'ont même envoyé un ours ! Un ours, vous imaginez ! Tout ça pour ma solution ! Mais j'ai réussi à m'en sortir ! Les ours, faut juste savoir leur causer ! Ne me piquez pas, M. le juge, je vous la donne la solution, c'est la chloroquine, je vous dis ! La chloroquine ! Dites-lui vous, vous avez tout vu ! » apostrophe-t-il la conductrice.

« Ça a été comme ça tout le trajet » répond celle-ci, en remettant ses lunettes bleu turquoise sur le nez.

L'infirmier regarde l'ambulancière, et ses lunettes bleu turquoise – étrange choix de couleur pour une adulte pense-t-il – puis la médecin, qui semble elle aussi hésiter.

– Dr. Matthew, je le vaccine ou non ? Est-ce que ça ne va pas doubler les effets secondaires sur un cas pareil ? chuchote-t-il, de peur que le patient n'entende.

La docteure repasse le dossier en diagonale et le range dans un sac de sport violet à l'effigie des Grizzlis de Memphis, un souvenir d'un voyage à une époque où prendre l'avion pour les USA ne paraissait pas aussi étrange que prendre un métro à moitié vide à Châtelet.

– Hélas, c'est le protocole. C'est certain qu'on perd une dose qui pourrait être précieuse pour le reste de l'humanité. Mais que voulez-vous, Tommy, le pire, c'est que de lui ou de nous, je ne sais plus qui est le plus fou. Et ce n'est pas une bonne nouvelle…

– Parfois, j'aimerais vivre dans une grotte.

– On va s'en sortir Tommy, on va s'en sortir. Ça me fait penser, vous avez lu le fait divers dans le journal en page 12 de ce matin ? demande la médecin.

– Sur le détraqué déguisé en chien sur la ligne de Belleville ? Des fois, je suis content d'être solo dans ma Twingo, rajoute Tommy en se redressant pour saisir un nouveau kit sur l'étagère du cabinet.

– Le monde n'a plus ni queue ni tête... N'oubliez pas votre attestation, il est 19 h 58. Sympa vos chaussettes Garfield, glisse la Dr. Matthew en montrant le pantalon un peu court du jeune infirmier, qui dévoile sur du coton rouge Bordeaux, le sourire du célèbre gros chat roux.

Numanité

20 h 14
Dans un temps pas si lointain.

Lance laissa échapper un soupir de soulagement et se posta devant *l'holodateur*. La journée était enfin terminée. Il se frotta le front, sentant qu'une migraine se pointait. Une agente à l'accueil le fixa et son sourcil gauche monta subrepticement. D'un millimètre ou deux, tout au plus. Il sortit aussitôt son *Xphone*. L'agente inclina la tête, les sourcils à nouveaux alignés et replongea sur son ordinateur. Déjà engloutie par son écran, elle ne prêtait plus grande attention au travailleur. La musique, une succession de sons psychédéliques, couvrait les bruits des va-et-vient des ouvriers qui se succédaient toutes les 4 heures pour réparer les écrans. Un autre agent, responsable du pointage, vérifia l'exactitude des données virtuelles qui flottaient au-dessus de Lance.

— Solde débiteur : deux minutes, remarqua-t-il d'un ton sec.

— Pourtant, j'ai vérifié sur...

— Pénalité de 4 minutes au prochain pointage. Le respect de l'horaire est notre obsession première.

Lance n'osa répliquer. Il savait que les contestations étaient la dernière de leur préoccupation. Il voulait juste rentrer chez lui, et pouvoir prendre un comprimé pour soulager ses tympans. Ou se frapper la tête contre les murs. Il sortit sans répliquer, poursuivi par les notes entêtantes de l'album électronique qui passait en boucle. Il pressa le pas, les yeux rivés sur son *Xphone*, comme tous les autres *Numains* autour de lui.

— Attention, véhicule au-dessus de la vitesse autorisée sur votre droite.

Il s'arrêta net aux recommandations d'Ipsima, son guide de vie virtuel connecté. Un *Plax*i, véhicule à coque transparente sans chauffeur, le frôla. Il transportait trois enfants cachés derrière des casques à réalité augmentée. Lance continua son chemin sans quitter l'écran des yeux.

Enfin, la grande tour de son immeuble, en *plasticier,* nouveau composite de plastique et d'acier, se dressait devant lui. De grands spots publicitaires se reflétaient à la lumière du soleil, placardant les baies vitrées des appartements d'offres toujours plus alléchantes. Les portes du hall s'ouvrirent sous ses pieds connectés. Un locataire en sortit, tête baissée, l'air concentré. Il surveillait le nombre de respirations qu'il prenait grâce au fin bracelet attaché à son biceps. Ils ne se saluèrent pas. Lance ne connaissait aucun des résidents de son immeuble. Si on lui demandait de reconnaître un seul des visages qui peuplaient la bâtisse, il en serait tout bonnement incapable. L'édifice grouillait de vies dont il n'avait aucune conscience. Était-il entouré de familles plus ou moins nombreuses ? De jeunes couples ? De célibataires de longue date, comme lui ? Il chassa aussitôt ces questions : sa migraine persistait. Il s'engouffra dans le couloir et marcha jusqu'à son entrée. Il sourit devant l'écran, les yeux bien ouverts, prêts pour le rituel au laser. On entendit un clic sonore.

Le salon s'alluma automatiquement, suivi par le son de *l'holovision.*

Avec Énervessence, vous ne perdrez jamais votre énergie.

Son guide de vie Ipsima se réactiva aussitôt.

— Café ou thé ? Le café ne serait pas une bonne idée à cette heure-ci, mais le thé est acceptable.

— Thé ok.

— Bon choix. Comme toujours. Bain ou douche ? Le bain est meilleur pour le grain de votre peau. Ce soir, vous recevez Erika, n'oubliez pas.

— Bain ok. À quelle heure ?

— 20 h 14. Elle n'aime pas les chiffres ronds. Elle préfère aussi les chemises de couleur sombre.

— Chemise sombre ok.

— Vous n'avez pas regardé les actualités de 18 h. Je vous les transfère sur le mur de votre salle de bains.

— Actus ok.

Il s'allongea dans la baignoire en grognant.

— Votre respiration n'est pas normale Lance. Éprouvez-vous une certaine contrariété ? Vous voulez rire un peu ?

Une vidéo se projeta sur les parois du placard. Un chaton était coincé dans une bouteille en plastique. Il se débattait pour en sortir. La pitrerie fut suivie par des images d'une rare violence qu'un journaliste commentait d'un ton monocorde.

— En fait, j'ai un mal de tête qui ne disparaît pas depuis le boulot.

— 2000 mg d'*ibucétamol* en languette. Meilleur remède sur le marché.

— 2000 mg ! C'est beaucoup non ?

— 2000 mg nécessaire, les 1000 ne font plus aucun effet.

— 2000 mg ok.

Le placard de la salle de bains s'ouvrit.

— Vous avez décidé des sujets à évoquer ? Nous avons un panel de propositions pour Erika. Tout un catalogue sur les lumières, les ponts ou les ruelles.

— Ponts et rues ok.

— Tout est transféré, vous allez passer une soirée mémorable.

Il activa la recharge rapide de son *Xphone*. Il ne pouvait se permettre de perdre Ipsima ce soir. C'était son premier rendez-vous organisé depuis des mois. À vrai dire, c'était une idée d'Ipsima, lui ne se sentait pas forcément seul. La solitude lui seyait plutôt bien. Il s'habilla docilement de la chemise déjà repassée et remisée. Il prit deux médicaments dans le placard et les mit directement sous la langue. Les ricanements et les ahanements des spectateurs lui parvenaient depuis le salon. *Pourquoi les médocs mettaient-ils autant de temps à faire effet, bon sang !?* Il voulait se poser sur le sofa et ne rien faire. Rire avec les autres spectateurs. L'émission importait peu. Une sonnerie retentit. 20 h 14. Un visage aux traits réguliers, encadrés par une chevelure blonde apparut, au-dessus d'un corps que Lance devinait bien dessiné. Le profil virtuel n'avait pas menti, Erika correspondait en tous points à son portrait. Son Ipsima avait eu raison, un peu de compagnie ne lui ferait pas de mal après tout.

— Le dîner est prêt. Le meilleur concentré de nutriments sur le marché, annonça le guide virtuel à travers la pièce.

Erika ne broncha pas, et attendit que Lance l'installe à la table où trônait un plat argenté, rempli d'un rectangle orangé. Ipsima était retournée en mode silencieux.

— Un peu de solution *Sensation des coteaux* ? proposa-t-il à son invitée en saisissant une fiole qui se trouvait au milieu de la tablée.

— Merci, je ne bois pas. C'est néfaste pour l'organisme, répondit-elle aussitôt.

— Oh, vous avez raison. Moi non plus, je n'aime pas trop boire, seulement quand j'ai des convives, se justifia-t-il en repoussant le flacon sans se servir. Lance se sentait gêné maintenant. Il ne se rappelait plus la dernière fois où il avait reçu quelqu'un dans son salon. Encore moins une invitée d'une telle élégance – et silence. Il fallait que ça tombe le jour où il se traînait un mal de tête carabiné. La conversation peinait à décoller.

— Connaissez-vous le pont Baudrim ? osa-t-il demander timidement, la main sur son portable, se souvenant des recommandations d'Ipsima.

— 367 986 532 bouteilles de plastique ont été utilisées pour cet édifice, répondit-elle sans buter sur un chiffre, en découpant un bout du rectangle orange.

— Ça alors, vous êtes une vraie passionnée de ponts ! s'exclama-t-il un peu plus fort qu'il ne l'aurait voulu.

— Je ne comprends pas la question, répliqua Érika, portant la nourriture à ses lèvres, avec lenteur.

— Je veux dire… C'est un chiffre très impressionnant.

Lance jeta un œil du côté de la bouteille de *Sensation des coteaux*. Était-ce donc ça, mener une conversation ? Les mots lui manquaient, comme étouffés quelque part entre le mal de tête et le manque de pratique. Il regrettait d'avoir mis cette chemise, qui lui semblait soudain tout étriquée. Il voulait qu'ils se mettent devant *l'holovision*, qu'ils puissent se détendre devant tous les deux. Avec un peu de chance, il tomberait peut-être sur des vidéos de chats sur un pont ?

Elle continuait à l'observer sans mot dire, entre deux bouchées de nutriments. Était-ce cela qu'on appelait l'amour ? Il regarda son téléphone, cherchant désespérément de l'aide sur son écran violet. Que faisait Ipsima ? Rien ne s'affichait à part trente-et-une notifications d'autres applications qui clignotaient. Enfin, il lut un message.

Rappel : parler des ruelles. Entretenir le mystère. Se servir du dossier Victor Hugo.

Inspiré, il inspira.

— Vous connaissez le nom de notre rue ?

— Victor Hugo, affirma-t-elle, d'un ton catégorique.

— Vous savez pourquoi ? reprit Lance, heureux de partager cette anecdote et une certaine connivence.

— Cette information n'est pas disponible, trancha Érika.

— À cause de l'écriv…

— Cette information n'est pas disponible, s'entêta-t-elle.

Désemparé, Lance scruta son téléphone, invoquant Ipsima du regard.

ERROR SYSTEM

La jeune femme s'était levée et lui avait saisi froidement le poignet. Son front s'était plissé, laissant apparaître, au sommet de son crâne, sous son épaisse frange blonde, un bout d'acier étincelant.

Elle déblatéra d'un ton mécanique.

Faille dans le système. Données erronées. Cet auteur n'a jamais existé. Votre Ipsima doit être rebootée. Cellule d'effacement pour le Numain LX 234 activée. 24 h de mise à niveau requises.

Il y eut un flash. Puis le vide et le silence.

*

Étourdi, Lance se retrouva assis, devant un rectangle orangé et une magnifique femme à la silhouette agréable qui lui souriait. Il avait la bouche pâteuse. Il porta sa main à son front : *l'Ibucétamol* avait enfin fait effet, le mal de tête s'était envolé. Il jeta un œil sur son *Xphone*, recherchant Ipsima.

Rappel : parler des ruelles. Entretenir le mystère. Utiliser le dossier fourni.

Rassuré, il se risqua.
— Vous connaissez le nom de notre rue ?
— Victor Hugo.
— Vous savez pourquoi ?
— En hommage au plus grand animateur de *l'holovision de notre ère,* débita Érika sans hésitation.
— Décidément, vous êtes incollable ! siffla-t-il, impressionné par la mémoire de son invitée.

La soirée s'annonçait inoubliable. Lance aurait voulu partager sa joie avec la *Numanité* tout entière, mais se contenta du message qu'il reçut de son Ipsima :

(Un)success story

21 h, sous les étoiles

Assis au fond de sa roulotte, Mark se roulait une énième cigarette. La nuit commençait à poindre sur le désert de Slab City, enveloppant ses habitants d'un peu de fraîcheur et de somnolence. Quelques cordes de guitare crissaient sous les doigts fripés des plus vieux des résidents. On entendait au loin les rires d'irréductibles fêtards et de fieffés alcooliques. Dans les caravanes voisines, certains jeunes s'adonnaient à une partie de cartes serrée sous les lampions. Ce soir, il avait préféré rester tranquille, allant jusqu'à refuser les avances peu déguisées de Georgina, légèrement éméchée, dont les yeux marqués d'un trait d'eye-liner turquoise, brillaient à la lueur des lanternes.

— Toi, tu es vraiment étonnant, pouffa Georgina.

— Moi ? répondit-il en souriant. Pourquoi ? Parce que l'homme choisit la solitude à la foule, et qu'il chérit ce moment ?

— Parce que tu n'as pas besoin d'être isolé pour être seul dans tes pensées. On le voit dans tes yeux, il y a comme un voile. Tu t'échappes. Dans un ailleurs où personne ne peut entrer.

— Ah bon... Et tu as lu tout ça dans le fond de la bouteille de rhum ?

— *Seul dans la nuit fraîche et mystérieuse, et de temps à autre, un silence total, j'ai levé les yeux en direction des étoiles.*[8]

---

[8] *Vers extraits de J'ai entendu le savant astronome et de Feuilles d'herbe, de Walt Whitman.*

— Georgina, tu ressors du Whitman, je crois que c'est l'heure de rentrer chez toi, suggéra-t-il doucement.

— *La pendule indique le moment, mais qu'est-ce qui indique l'éternité ?* récita-t-elle, mutine, en se rapprochant de lui.

Il insista.

— Georgina, on se voit demain, va te reposer, on reprendra cette conversation au matin, promis.

— Très bien monsieur Solo ! Je vous laisse, lâcha-t-elle, souriant pour masquer sa déception. *Exister et rien d'autre, cela suffit ! Respirer suffit ! Joie, joie ! Joie partout !* clama-t-elle en fermant la porte de la roulotte.

Il rit. Georgina était une mordue de poésie. Elle connaissait les œuvres de Walt Whitman sur le bout des doigts. Elle pouvait le citer à n'importe quelle heure de la journée, surtout après quelques verres de rhum. Georgina ne parlait jamais de son passé, celui d'avant Slab City. Elle l'avait laissé derrière elle en débarquant un beau matin dans la communauté, pour ne plus jamais la quitter. Certains habitants l'imaginaient avoir fréquenté une école d'arts appliqués. Pour Mark, elle devait plutôt avoir suivi des études de littérature comparée. Ou d'esthétique poétique. Un truc dans le genre. Il se la représentait, défiant les discours professés par un enseignant peu habitué à être contesté. Il la voyait, avec son air suspicieux sur les bancs de l'université, peut-être même à Harvard, qui sait. Quoique. Ils étaient de la même génération. Même s'il n'évoluait pas sur les mêmes campus, il l'aurait forcément repérée. Sur leur site, déjà.

Le site ! Mark tira sur sa cigarette, pris d'un rire étouffé. Cela faisait longtemps qu'il n'y avait pas songé ! Ni à ses amis d'ailleurs. Qu'étaient-ils devenus ? Dustin, Eduardo, Chris ? Peut-être avaient-ils des dettes ou une tripotée de bambins… Il était mieux loti, songea-t-il en repoussant la fumée dans son espace confiné. Il s'imagina leur face, les petites rides qui s'y lovaient. En dix ans, le temps avait dû les marquer : Chris devait être chauve et Eduardo bien plus gros. Il éclata de rire. Il ne savait pas pourquoi il y pensait particulièrement ce soir-là, c'était peut-être le joint, un peu plus corsé à cause de son voisin mélancolique – sa chienne était partie pour un autre maître – peut-être les paroles de Georgina, ou les vers de Whitman.

Ce qu'il ne donnerait pas pour voir la trombine de ses anciens copains ! Juste quelques minutes, pour connaître les moments marquants de la dernière décennie ! Juste par curiosité. Bien sûr, c'était du passé, il avait tourné la page depuis longtemps. Mais enfin, être une petite souris et observer ce qu'ils avaient fait de leur vie ?

Dustin devait travailler dans les assurances, il n'était pas mauvais en informatique, mais ce n'était clairement pas son dada. Il avait dû choisir la voie la plus *safe*, celle de grand papa. Il le voyait tout à fait avec sa mallette en semaine, et sa bière sans âme – une Bud Weiser – sur l'accoudoir du canapé le week-end à gueuler devant du baseball. Il partait chaque année en vacances à Cancún, avec une chemise fleurie et revenait toujours bronzé, mais jamais accompagné. Il rentrait, l'appareil rempli de photos que personne ne regardait. Pauvre Dustin, lui qui avait tant d'ambition.

Mark écrasa sa cigarette, rattacha ses cheveux en un chignon difforme et étendit ses jambes sur ce qu'il appelait son bureau, un assortiment hasardeux de planches et de clous. Des images lui revenaient de l'université, et de cette fâcheuse soirée de 2004. Il se rappelait encore leurs mines déconfites et ses doigts dans un paquet de chips au vinaigre quand il avait décrété...

*

— C'est nase notre truc les gars.

— Quoi ? Tu plaisantes ? Mais c'est de la putain de bombe atomique notre plan !

Dustin s'était emballé, comme à son habitude. Si brillant mais si peu lucide. Il ne réalisait pas que leur site n'était rien d'autre que le fruit de gentils geeks s'emmerdant dans une piaule d'Harvard aux frais de la princesse. Enfin, de leurs parents.

— Non mais Dustin, ouvre les yeux ! On est là tous les soirs, quatre couillons à triturer des boutons ! On perd notre temps, bordel ! Tout ça pour quoi ? Pour un petit site de merdeux qui ne changera pas la face du monde !

L'expression n'avait pas plu à l'intéressé.

Chris avait alors essayé de temporiser : il avait toujours été allergique aux disputes. Ça lui provoquait de l'asthme. En vain : Mark était remonté.

— Faut atterrir les gars, vous croyez sérieusement qu'avec ce trombinoscope, vous allez faire les couvertures de *Forbes* et de *Time* ? Vous feriez mieux de vous trouver un plan B !

— Et c'est toi qui parles ? Laisse-moi rire ! avait rétorqué Dustin.

— Qu'est-ce que t'insinues par là ?

— Ben si tu crois qu'avec tes notes en soldes, t'auras ton diplôme ! Franchement ça sera déjà sympa si tu te fais pas virer de la fac avant ! T'as pas mal dégringolé de ton podium, petit génie !

Mark ne se rappelait plus trop ce qui avait suivi. Il revoyait Eduardo et Chris qui tentaient de le retenir, et la face de Dustin, rouge de colère. Il avait dû les traiter d'abrutis ou bien de débiles, quelque chose dont il n'était pas forcément fier. Il avait claqué la porte derrière lui. Il les emmerdait, eux et leur diplôme en carton.

Au fond, cette dispute avait été totalement stupide et disproportionnée. Il s'en rendait bien compte avec le recul et la lucidité offerte par le cannabis. Mais Dustin avait touché un point sensible. À son entrée à Harvard, Mark s'était attiré les félicitations de différents éminents professeurs : il démontrait une capacité hors du commun en programmation et avait déjà à son compteur des prouesses remarquables. Son nom, Zuckerberg, courait dans les couloirs jusque dans les salles des enseignants. Puis Mark s'était désintéressé : quel était le sens de toute cette farce universitaire ? Il se sentait bien au-dessus de ses camarades, et de la plupart des maîtres de conférences. Peu à peu, il avait sauté certains cours, échappé à quelques devoirs, ses notes avaient baissé de manière exponentielle. De fait, Dustin avait seulement énoncé une réalité. Mais l'ego de Mark avait été piqué.

Le lendemain, Eduardo et Chris avaient bien essayé de les rabibocher, ils y croyaient à ce projet, et peut-être même à leur amitié. Dustin, lui, l'avait ignoré. Mark n'avait pas cédé. Bien au contraire. Cette semaine-là, il avait tout bazardé. Il avait supprimé les journées de codes, les cartes-mères, les dossiers-source, les heures de travail commun. Il avait fracassé son BlackBerry et bousillé son ordinateur. Il se souvenait encore de la sensation de libération qu'il avait éprouvée quand les touches du clavier avaient voltigé et que son écran s'était fissuré. Il avait ramassé ses anciens essais et les avait déchiquetés, les bouts de papier volant dans les airs pour s'écraser sur le sol. Il avait laissé derrière lui sa chambre, et tout ce qui le retenait à sa vie d'étudiant, prenant juste un sac à dos, un polaroid, et du courage. Trois jours après, il était parti sur les routes, et n'était jamais revenu. Il n'avait pas obtenu son diplôme.

*

Mark tira une nouvelle bouffée de cigarette et observa sa ferraille qui lui servait de toit, heureux que ses pas l'aient mené jusque-là. Il ne croulait pas sur l'or, mais au moins, lui, il se sentait libre. Il revit Georgina, et son amour des mots. Les soirées comme celles-ci, farcies d'étoiles, il se prenait à rêver. Un jour, peut-être qu'il serait lui aussi écrivain. Peut-être qu'il serait le nouveau Kerouac... S'il réussissait à boucler son roman, une sorte de journal de bord où il retraçait toutes ses années d'errance, à sillonner les chemins et les destins, depuis ce fameux matin où il avait claqué la porte d'Harvard. Il lui avait donné un titre provisoire : The Roadbook. Des mois qu'il y travaillait.

Le trombinoscope ! Qu'est-ce qu'ils avaient cru inventer ? Ah la jeunesse, orgueil et stupidité !

Il fut pris d'un vertige, il eut une vision. Il reprit son carnet, barra son titre, et y inscrivit en dessous, en hommage à toutes ces vies de partage et à tous ces visages croisés sur les routes : THE FACEBOOK.

Exalté par sa trouvaille, il leva un pouce.

Du saumon et des hommes

22 h
Un conte est vieux dès la première fois qu'il est raconté (Proverbe oriental)

Prologue : ce conte que vous allez découvrir se passe dans une contrée contrariée, que l'on appelle la Délé-Terre.

Sur cette planète où les saumons étaient bien gardés, le royaume des Humains et des Animaux était bien séparé. En Askala, une région peu peuplée, dans la communauté des sources, les hommes avaient appris à cohabiter avec les ours, en restant loin de ces derniers à toute heure de la journée. Tout coulait dans le meilleur des deux mondes jusqu'au jour où les êtres humains découvrirent par le fruit du hasard – en ramenant dans un seau d'eau un pauvre poisson glouton qui s'y était logé – le goût du saumon. Très vite, ils se rendirent compte que ce poisson régalait les papilles, d'autant plus en papillote ! Alors, ils commencèrent à en pêcher.

Au début, ce mets était seulement réservé aux grandes occasions : si l'on mariait un enfant, si l'on accouchait d'un nouveau, ou si l'on se débarrassait d'un autre. Grillé, fumé, vaporisé, citronné, posé sur un toast ou sur un lit persillé : les Humains ne manquaient pas de créativité pour exprimer leur félicité. Puis le saumon vint agrémenter les fêtes de fin d'année. Et celles d'avant. Et celles d'après. En effet, le saumon s'appréciait tant et si bien qu'il finit même en petits dés aromatisés à chaque apéritif villageois – à la tablée, il était toujours le préféré. C'était ce qu'on nomma la période de l'or rose : la vie allait bon train pour les

Humains. Pour les saumons un peu moins. Ces derniers continuaient à sauter, certes, mais dans des poêles bien huilées.

Cependant, plus le temps passait, plus les zones de pêche du côté des Humains rapetissaient. Manon, une guérisseuse de la communauté, tenta d'alerter les villageois sur cette frénésie poissonneuse qu'elle voyait d'un très mauvais œil. Selon elle, l'homme courait à sa perte en courant après le saumon. Un jour qu'elle buvait une tisane près de la rivière, elle entendit les plaintes du filet d'eau qui s'échappait du cours d'eau. Elle partit avertir le chef du village qui se prélassait avec d'autres habitants dans une piscine naturelle, après une pêche rondement menée.

« Humains, le chaos est proche ! Tout est clair comme de l'eau de roche ! Cessez d'assécher la source des saumons ou sa colère surgira de ses entrailles ! »

Bien sûr, tous les Humains réunis se moquèrent ! Comment croire une jeune fille aussi perchée qu'un rocher sur une falaise et qui parlait aux plantes et autres ruisseaux ? Manon fut renvoyée à ses roseaux : le chef et ses amis continuèrent d'apprécier leur moment de détente, riant de l'innocence et de la candeur de la guérisseuse qui depuis quelques jours, semblait un peu à fleur de peau.

Dans la communauté des sources, on ne cessa donc de pêcher joyeusement, jusqu'au jour où il n'y eut plus un seul saumon dans la rivière. Lorsque la dernière arête de poisson fut engloutie, les Humains de panique, furent pris. Mais au lieu de réfléchir à la prophétie proférée par la jeune guérisseuse, ils cherchèrent un bouc-émissaire, qu'ils trouvèrent fort vite : les ours, ces êtres mal léchés, avaient dû tout leur piquer ! Les villageois s'en allèrent en guerre contre leurs voisins poilus et attaquèrent la zone jusque-là protégée des ursidés. Ces derniers, face aux armes ciselées et aux fusils chargés, n'eurent guère de chance dans la bataille et c'est ainsi que les villageois, se parant de la peau de leurs ennemis ours, installèrent de nouveaux pénates dans les anciennes grottes. Les Humains connurent de nouvelles heures heureuses, dormant paisiblement, bercés par le chant de la rivière. Seule parfois perçait dans la nuit noire, la voix de Manon : *Eau ! Désespoir !*

Hélas bientôt, comme elle l'avait prédit, il n'y eut plus un seul saumon à l'horizon. Les Humains se trouvèrent fort embêtés : ils n'avaient plus de poisson à picorer, ni d'ours à inculper. La communauté des sources venait de perdre sa principale ressource, à un moment fort délicat ! Une noce était annoncée au dimanche, et il paraissait impensable de penser à des épousailles sans telles victuailles. Les villageois craignirent alors le pire : et s'il fallait dire adieu ? Adieu aux coquettes croquettes de saumon ? À son filet ? À sa chair tendre et rosée ? Et s'il ne fallait plus se marier ? Pendant que les Humains sombraient dans ces questions sans réponses, une nouvelle espèce de poisson, dont le nom biologique pourrait être *l'Opportunista*, prit d'assaut les flots. Et tandis que les villageois se lamentaient, elle se mit à gangréner les eaux et pourrir les ruisseaux.

Au matin de la noce, le futur marié, un peu marri de devoir faire la fête sans saumon dans l'assiette, eut l'idée de pêcher un de ces nouveaux poissons. Certes leur aspect hideux et repoussant ne donnait guère envie d'y croquer dedans. Mais un humain étant un humain, un poisson était un poisson. Il planta les dents dans la chair. La texture s'apparentait à du mastic, comme si on mâchonnait du caoutchouc, en moins élastique. Ce n'était pas détestable, et avec un peu d'imagination, on pouvait retrouver la sensation du saumon. Le midi, il en fut servi des plateaux entiers. Les villageois se ruèrent dessus – la liqueur des pins aida à faire descendre le tout dans les gosiers. La fête battit son plein. Il ne resta plus rien.

Deux jours plus tard, Manon des sources fut appelée à la rescousse : un ancien se plaignait d'effroyables maux de ventre. La jeune guérisseuse avait l'âme généreuse. Même si les Humains ne s'étaient pas montrés des plus tendres, sa réponse ne se fit pas attendre. Elle concocta aussitôt une potion à base d'extraits fermentés d'orties et d'écorces de bois. Le breuvage apaisa le vieillard quelques heures. L'homme sembla aller mieux, et parut même un peu moins vieux. Alors que les mines se réjouissaient, le vieux succomba à la nuit tombée. Les villageois traitèrent la sourcière de sorcière. *Qu'avait-elle donc préparé pour que le pauvre homme meure d'un mal de ventre ?* Sans tambour ni trompette, Manon fut chassée de la communauté.

Le lendemain, la moitié des villageois se contorsionna sous d'atroces douleurs. La panique pénétra jusque dans les grottes. Ce ne pouvait être que l'œuvre de cette Manon des Sources ! Les hommes restant des hommes, à maudire les cieux qui s'abattaient sur eux, ils s'éteignirent tous peu à peu. Jamais ils ne songèrent que c'était le poisson des fiançailles qui leur rongeait les entrailles.

Si à ce conte, l'on devait donner un épilogue un peu douteux, on dirait que d'une certaine manière, le saumon avait eu raison d'eux.

Rouge

23 h

Mon nom est Rouge. Oui, comme la couleur. Ça aurait pu être pire. Mes parents voulaient m'appeler Rouge-Gorge, parce qu'il paraît que j'étais si petite, et toute rosée. Ça aurait été bien plus pertinent si j'avais eu la mine grise d'un crayon et le visage orangé, remarquez. Il faut croire que mes parents n'étaient pas trop calés en ornithologie. En même temps, ils n'étaient pas calés en grand-chose et quand ils allumaient leur télévision, y a des chaînes qui sautaient, comme si le 5 et le 7 s'étaient barrés de la télécommande. Bref, le jour de ma naissance, ils ont dû leur faire des gros yeux à la mater', car ils ont opté pour Rouge tout court. Me demandez pas pourquoi c'est mieux passé devant l'administration. Toujours est-il que ça avait été validé et tamponné sur mon carnet. Si j'étais née en Angleterre, je leur aurais sans doute pardonné, parce qu'en vrai Red, ça claque dans les airs, ça envoie, c'est de l'avion en prénom. Comme quoi, ça tient pas à grand-chose une vie, juste à un bout de Manche.

Mes parents, ils n'ont jamais bougé de leur patelin, une ville si moche que le tout dernier des GPS, il avait beau cherché dans ses données, il ne nous trouvait jamais. Même l'église, seule bâtisse à bas potentiel touristique, avec son clocher, était une affreuseté, posée sur la place du hameau, sans ambition, ni vision, peinant tant à se dresser vers le ciel que Dieu n'avait pas dû la recenser. Les seules fois où mes vieux en sortaient, de ce village, c'était le dimanche pour aller dans la forêt voisine chercher des châtaignes. Mais même si vous ne vous y connaissez pas trop en châtaignes, vous savez que y en a pas toute l'année, ni tous les dimanches. Je n'ai jamais compris cette fascination viscérale pour la châtaigne, ça frisait le ridicule. Surtout que ma mère ne supportait pas de les cuisiner et que mon père ne trouvait pas ça terrible une fois cuites. Mais ridicule ou pas, hors de question que je coupe à la tradition et les jours de sortie, je pouvais oublier les copains, le scooter et les après-midis à rien glander sur les pauvres bancs du fronton. Je ne pouvais pas, j'avais châtaigne. Toute façon, je n'avais pas vraiment de copains.

Disons qu'avoir la passion du marron, ça n'a pas facilité mon intégration. Et puis, on peut dire que Rouge, dans la cour de récré, ça faisait sensation. Les Charlotte, les Louise, les Emma pouvaient se lâcher et cracher des insanités, pour se venger du manque d'originalité de leurs géniteurs. Elles n'aimaient pas que les profs les appellent Emma B ou Emma C, comme un vieux remake des Spice Girls, le groupe de pop anglaise. Alors, leur absence de personnalité, elles le dégobillaient. Leur besoin de singularité, elles le dégueulaient. Du rouge, elles crachaient.
Feu, sang, guerre, règles, tout était prétexte à m'insulter. Mais « sale tomate », « sale tomate » était resté : il faut dire qu'à l'époque, j'étais un peu rondelette. Comme pour donner un peu plus de grain à moudre dans ce moulin à paroles médisantes dont j'étais la meunière, et mes camarades, les pionnières.

Un jour au lycée, on sortait d'histoire-géo, une du clan des Charlotte me siffla à voix basse que j'aurais dû terminer comme les Khmers. Elle avait pour une fois, écouté le cours en entier. En d'autres circonstances, j'aurais pu saluer la performance. À la place, j'avais séché le cours suivant et m'étais réfugiée au rayon coiffure du supermarché pas loin du lycée. J'en étais ressortie avec un kit de décoloration et un de coloration, que la caissière avait scannés avec un air un peu contrit. Mes yeux rougis avaient tout dit. Comme les adolescents ne sont pas toujours dans la mesure, je m'étais teint les cheveux en bleu, pour qu'on arrête avec cette obsession du rouge.

Le plus gros savon de ma vie. Au figuré hein, ma mère savait que ni Marseille ni Alep, tout dégraissants surpuissants qu'ils étaient, n'allaient pouvoir récupérer le carnage bleuté. Les chats ne font pas des chiens. Elle aussi baignait parfois dans la démesure : elle m'avait aussitôt menacée avec la tondeuse de mon père. Celui-ci, tenant à son appareil comme à la prunelle de ses yeux – il n'avait jamais assumé sa calvitie parcellaire – avait pris en otage mon fer à lisser et le fer à boucler de ma mère. Je vous passe les détails : après une bataille sans pareille dans l'histoire capillaire, les différents appareils avaient retrouvé leurs tiroirs et ma mère son sang-froid. Fabrice, son coiffeur à domicile, avait accepté de venir à la rescousse. J'avais terminé avec une teinture marronnasse aussi fade que les foutues châtaignes de mes parents. Et un brushing des années 90 qui avait plu à ma mère parce qu'elle avait un goût fort douteux de ce qui était ou non en vogue. Pire, elle m'avait trouvée jolie. Alors que moi dans le miroir, je trouvais que mes joues me mangeaient encore plus le visage, et que mes yeux luttaient au milieu pour se faire une place.

*

« Quel est mon nom ?
— ROU… ROUGE !
— Comment je m'appelle ?
— ROUGE !
— Excuse-moi, je n'ai pas bien entendu ?

— S'il te plaît, arrête, je t'en prie, je t'en supplie, j'étais qu'une gamine, je regrette tellement ! »

C'est le moment que je préfère, quand on me sort le joker de la jeunesse. Parce qu'être gamin, ça vous autorise à être un peu tout, un égoïste, un petit con, un monstre. Elle pleure, je vois sa morve qui se répand sur sa jolie chemise jaune pâle. Enfin, qui l'était, elle est d'un rouge vif maintenant. La douleur lui tord les traits. C'est fou ce que les Louise perdent tout charme et dignité, une fois éloignées du cercle des reines de beauté. Elles sont si naïves et romantiques. Du beurre à tartiner. Si faciles à berner.

Comment ça a commencé ? Je ne sais plus. C'était le début de l'été, ou peut-être la fin. Je devais m'ennuyer sur les réseaux sociaux. Je les voyais sur Instagram, leurs sourires, leurs bouches, cette arrogance dans les yeux. Des yeux qui savent où se placer sur un visage, des yeux qui savent rire, des yeux qui voient et qui décident ce qui est beau et ce qui est laid. C'est peut-être là que j'ai commencé à jouer... Peut-être que ça remontait au lycée. Peut-être que c'était après ce cours de géo, après les Khmers. Après ce désastre capillaire, et le mensonge de ma mère. *Tu es si jolie ma fille.*

Je crois que Louise s'est un peu fait dessus. Ça me toucherait presque. Elle s'était bien apprêtée pour ce premier *date*. Elle pensait rencontrer *RedBird33* après une semaine de tchat. Elle se croyait spéciale. Elle est comme les autres, une poupée dégonflée, qui s'épuise à supplier, qui espère. Pathétique pantin. Et qui finira, couverte de sang séché, au pied de ce beau châtaignier.

Ça ne tient pas à grand-chose une vie, si seulement on m'avait appelée Rose.

Qu'est-ce que t'es belle

Minuit

Qu'est-ce que t'es belle.
Ils sont jetés. Ils ont franchi des lèvres. Ils sont suspendus dans les airs. Comme des volutes de fumée. Ces mots qu'on ne m'a jamais dits. Je les mâchonne. Je les savoure. Ça vaut le coup qu'on se bichonne.
Qu'est-ce que t'es belle, c'est pas grand-chose, des lettres qui forment des mots. Peut-être. Sans doute. Je pause. Ai-je bien entendu ?
Je ne devrais pas me plaindre. On m'accorde tellement d'autres qualités. À défaut d'être belle, on me trouve drôle. Je me demande parfois, entre deux rires soignés, si ce n'est pas « bizarre » qu'on voudrait dire vraiment.
Bien sûr, il y a eu des garçons, des ébats, des émois. J'ai très vite vu que je ne laissais pas indifférent. Je possédais une beauté féroce, dérangeante, une beauté que l'on évite comme une vieille amante.
Il y a eu ces confidences, guidées par les seuls phares d'une voiture, quand les nuits n'ont pas assez d'étoiles pour éclairer les hommes. C'est là, dans cette douce lueur pas plus grosse qu'une bougie, qu'un inconscient me soufflait que j'avais un charme fou.

D'autres auraient sauté au plafond à ces mots d'un garçon, moi j'étais déjà pied au plancher : le mot « belle », tu sais où tu peux te le carrer.

Trouvez-moi futile, fantasque, frivole, j'ai toujours voulu qu'on me dise que je suis belle et qu'on n'attendait que moi. Comme dans la chanson.

Je voulais être belle comme dans les magazines : les mêmes cheveux, les mêmes jambes, la même poitrine. J'ai appliqué des tonnes de conseils et tout autant de crèmes : crème de jour, crème de nuit, crème de marron, rien n'était trop cher, rien n'était trop con. J'ai appris à tricher, à me mettre en valeur. À me maquiller, à cacher ma profonde laideur. Véritable cour des miracles que ma salle de bain : aucune prière pourtant ne fait pousser les seins.

Heureusement Dieu, ou un autre, a créé les chaussettes. Des chaussettes rayées dans un rond 95D, sacrée ambition pour mes fantômes nichons. Comment aurais-je su ? Quand j'ai troqué ma silhouette plate et sans aspérité pour le format en 3D, j'ai jubilé. J'étais de l'autre côté. J'ai commencé à me pavaner avec mes soutifs rembourrés. Les regards ont changé. Le mien aussi. S'arrêter ? Compliqué. J'ai piqué des talons-aiguilles. Ceux de ma mère. J'ai mis du coton au bout, parce que ma mère, elle a de sacrés grands pieds.

Je voulais être belle comme elle. Même les pieds hors-normes ont droit à leurs chaussons, informes.

Je voulais être belle comme sur le *Red Carpet*, le corps couvert de paillettes.

J'ai pris une robe dans son armoire, sans bretelles. Un soir. Pour essayer. Devant le miroir. Un samedi. Pour sortir. Profiter de la nuit, me montrer sous mon vrai jour. Là, sous les lumières des néons, au milieu des corps à l'abandon, embrasser l'illusion.

Je sais que je ne veux pas juste être belle.

Je sais que je ne veux pas être belle juste le samedi.

Oiseau de nuit. Oiseau de jour aussi.

Parce qu'on m'a toujours dit « qu'est-ce que t'es beau » alors que mon cœur criait « qu'est-ce que t'es belle ! »

Biltmore Hôtel

1 heure, tard le soir, ou tôt le matin

Sentant déjà les prémices de la gueule de bois, Peterson se dirigeait vers la chambre de son hôtel. La nuit n'avait pas été mauvaise, mais il rentrait seul. Le dernier whisky, sans doute de trop, l'avait alourdi. Loin des vapeurs d'alcool et des nuages de fumée, le hall de l'hôtel du Biltmore lui parut soudain froid et lugubre, malgré le raffinement de la pièce, des murs jusqu'aux stries des tapis. Rompu, il n'aspirait plus qu'à se vautrer dans son lit et oublier sa déconfiture dans les affres d'une nuit sans ardeur. *Qu'est-ce qu'il fait putain ?* maugréa-t-il devant l'ascenseur. Il envisageait de prendre l'escalier jusqu'au huitième étage lorsque l'élévateur ouvrit enfin ses portes devant lui. Soulagé, il s'y engouffra aussitôt.

Il n'était pas seul. Au fond de la cabine, immobile et drapée de noir, une jeune femme fixait de ses yeux sans couleur les boutons qui indiquaient son étage. Le 6, manifestement. Il bredouilla un bonsoir, auquel elle ne réagit pas. Il haussa les épaules et appuya sur le numéro 8. Luttant contre la curiosité, il se concentra sur les sensations d'élévation qui faisaient tressauter son estomac barbouillé. Mais, dans le reflet argenté des boutons de l'ascenseur, il voyait les contours de sa silhouette, enserrée dans une robe assortie à ses cheveux noir corbeau qui entouraient son visage et ensorcelaient son âme. Après un temps qui lui parut à la fois trop long et trop court, l'ascenseur s'arrêta. Les portes s'ouvrirent. Elle resta pétrifiée, une fleur transie. Il voulut parler, se figea, comme engourdi.

Alors la gracieuse ombre se déplaça. Un froid glaça jusqu'aux entrailles de Peterson lorsque la jeune femme le frôla avant de fuir, le laissant tremblant et troublé. L'ascenseur poursuivit sa route jusqu'au 8e. Il sortit en trombe : le couloir, ronflant, hautain, semblait aussi vide qu'une bouteille un soir de grande fête. Il prit quelques nouvelles rasades du minibar de sa chambre et se coucha sans se déshabiller. La solitude de Los Angeles l'engloutit avec peine, lui et ses fioles de whisky.

Aide-moi !

Il se réveilla en sursaut, l'oreiller trempé. Il ralluma la lumière. Un lit, un bureau, un tableau d'Edward Hopper, des flacons vides sur le tapis. Comme la veille, et les jours précédents. La voix semblait provenir de l'armoire. Il se rua vers le placard et l'ouvrit à la volée. Des chemises, des pantalons, diablement classiques. Il poussa un soupir de soulagement. *Eh ben mon vieux, voilà que tu te mets à faire des cauchemars, comme quand tu avais 13 ans.*

Il n'était pas encore sept heures. Peterson décida de se mettre à l'ouvrage et s'installa derrière son bureau. Impossible d'écrire. Aucune idée ne lui venait. Les pages blanches se gaussaient, le noir de son encre lui rappelait la chevelure de l'inconnue. *Concentre-toi sur ton bouquin, vieux ! C'est pas une femme qui va te tourner la tête !* Après tout, auteur d'une certaine renommée, il en avait côtoyé, des jolies femmes aux lèvres rouges, il savait les faire rosir sous leurs joues poudrées, avec ses mots de désinvolture saupoudrés. Celle-ci aussi serait oubliée, dans les bras d'une nouvelle promise, ou dans les lignes d'un autre roman. Il regarda ses feuillets. Vides, à part quelques gribouillages qui ressemblaient étrangement aux contours d'un visage d'une monstrueuse beauté. Il avait besoin d'air frais, et d'inspiration. Il espérait les trouver à la bibliothèque centrale. Il ne prit même pas de douche. La bouche pâteuse, la tête migraineuse, il s'enfonça dans la cité des Anges qui s'animait au rythme des klaxons des tacots.

Les bibliothèques l'avaient maintes fois sauvé par le passé. Il y aimait le calme relatif, le bruit des volumes que l'on déplace, les chuchotements entre les étagères : l'endroit idéal pour tranquilliser ses pensées. Oui, il allait se recentrer et chasser ce visage qui l'avait hanté toute la nuit. Alors qu'il se félicitait de sa fermeté, son sang ne fit qu'un tour.

Sur l'une des tables, face à lui, la photo d'une femme à la chevelure brune souriait sous un titre racoleur.

LE MYSTÈRE DU DAHLIA NOIR ENFIN RESOLU ?

Chancelant, Peterson se jeta sur le journal, hypnotisé par le portrait qui le dévisageait. Il ramassa le papier et apostropha un des bibliothécaires, caché derrière une grosse paire de lunettes.

— C'est qui cette femme ?

— Vous ne pourriez pas dire bonjour comme tout le monde ? rétorqua l'agent, observant avec suspicion le quarantenaire dépenaillé qui se tenait devant lui.

— Pas le temps pour les politesses ! C'est qui cette femme bon sang !

— La courtoisie se perd si vous voulez mon avis !

— Je ne veux pas votre avis, je veux ma réponse ! C'est votre boulot non ? grogna Peterson, perdant patience.

— Mon boulot, mon boulot... Faites-moi voir un peu de plus près, demanda le bibliothécaire de mauvaise grâce. Peterson lui tendit l'article.

— Oh ! Ça ! Triste histoire ! Macabre ! Une si jolie jeune fille... Un meurtre sordide, si vous voulez mon avis.

— Un meurtre ? reprit Peterson, si surpris qu'il passa sur l'agaçante manie du bibliothécaire à vouloir distribuer son opinion à tout va.

— Enfin, vous ne connaissez pas l'affaire du Dahlia Noir ? Mais où vivez-vous ?

Fier de son petit effet, l'agent bibliothécaire se mit à tout lui raconter. Le fait remontait à plus de vingt ans. Ça avait fait tout un foin, la presse s'était régalée. Une jeune femme, belle à en crever, débarquant de la campagne à Hollywood, avec ses rêves en guise de bagages.

Comment avait-il pu passer à côté ? Vivait-il sur la côte est à l'époque ? Peterson ne se souvenait plus. Du Chivas avait coulé entre-temps.

L'homme pérorait.

—... si vous voulez mon avis, c'est le drame de notre époque ! On vient pour les paillettes d'Hollywood, et on finit sur les t...

Peterson ne l'écoutait déjà plus. L'inconnue de l'ascenseur lui revenait à l'esprit, plus incandescente que jamais. Aucun doute possible : ses yeux, sa peau, c'était bien elle.

Elizabeth Short.

Il reprit l'édition spéciale des mains du bibliothécaire. Le journal se délectait des détails les plus truculents. Cette beauté fatale, qui faisait tourner les têtes, qui enchaînait les amants, très peu les amis, qui s'imaginait devenir star et qui servait du café. La revue étalait tout, de ses espoirs naissants à ses échecs cuisants. Jusqu'à ce 15 janvier 1947, l'onde de choc, l'atrocité.

Sur un terrain vague, au sud de la Norton Avenue, une passante découvre le corps de la jeune femme : dénudé, découpé. Et sur son visage de poupée, de larges cicatrices : une grimace de clown.

L'affaire s'étalait sur plusieurs pages. Le journaliste égrenait les errements de la police, les faux témoignages, les lettres envoyées, la liste des suspects. Peterson pataugeait, la pièce tournoyait. Transpirant l'alcool par tous les pores, il s'imprégnait de ce visage défiguré qui le toisait. Il ne parvint pas à la fin du long article.

Un détail l'arrêta. Le journal glissa de ses mains.

La dernière fois qu'on l'avait aperçue, au soir du 9 janvier, elle résidait… au Biltmore.

Il s'épongea le front et quitta précipitamment la bibliothèque.

— Hé ! Doucement dans les...

Le bibliothécaire n'eut pas le temps de terminer, Peterson s'était déjà enfoncé dans les rues d'une Los Angeles tourbillonnante : il retournait à son hôtel.

Le réceptionniste, un gars plutôt affable, l'écouta, lui et sa litanie autour de la belle disparue. Dans cette ville aux destins brisés, il était habitué à ce genre de récits extravagants, chacun cherchait sa part de gloire en quelque sorte. Il ne les blâmait guère ces pauvres hères. Hollywood était impitoyable.

— Allons bon, mon hôtel serait hanté, vous dites ?

— Je vous assure que je l'ai vue de mes propres yeux ! Comme je vous vois là maintenant !

— Elizabeth Short ? Le Dahlia Noir ?

— Elle était là, dans l'ascenseur ! Elle montait au 6e étage !

— Un beau brin de fille, ça oui, paix à son âme. Mais enfin, pour toutes les fois où j'ai pris l'ascenseur, je peux vous assurer que la pauvre ne s'y est jamais trouvée...

Peterson gesticulait, ses propos devenaient de plus en plus diffus. Le réceptionniste le soupçonna d'avoir abusé de l'alcool. Cependant, afin de calmer son client et d'éviter un esclandre dans le hall du Biltmore, il accepta de l'accompagner pour y jeter un œil. Et pour vérifier par lui-même. Des fois que.

Ils attendirent devant l'ascenseur, qui arriva rapidement. Les portes s'ouvrirent. Personne à l'intérieur. Peterson n'osa bouger. Le réceptionniste lâcha un petit sourire et entra dans la cabine, inspectant les moindres recoins.

— Vous voyez ? Elle n'est pas là !

— Ce n'est pas possible...

— Votre imagination vous a joué un tour ! Et un sacré ! Et si vous alliez vous reposer, hein, et qu'on laissait tranquille ce pauvre Dahlia Noir ?

Peterson se sentait sonné, secoué. Le réceptionniste avait raison. Ses idées étaient brouillées, ses souvenirs, emmêlés. *Un fantôme ! Bordel, faut que t'arrêtes l'alcool mec. Tu dérailles totalement.* Il dormait mal ces derniers temps. Le stress autour de son roman qui n'avançait pas n'arrangeait rien. Demain, tout irait mieux. Il reprendrait ses esprits, ou du bon whisky. Du single Malt. De l'écossais. Il arrêterait avec le japonais, on en faisait tout un plat. Surcoté. Il remercia le réceptionniste qui repartit en dodelinant de la tête. Il pénétra dans la cabine. *On se les gèle ici, ils ont dû forcer sur l'air conditionné !*

Peterson appuya sur le chiffre 8, soufflant sur ses mains tout en les frictionnant. Son cœur se souleva au fil des étages. Il fixa les chiffres argentés, cherchant comme redoutant, la vision de la veille.

4... 5... 6... Rien.

7... 8. Bing ! Il sursauta. L'élévateur s'ouvrit.

Tracassé, quoique rassuré, il sortit de l'habitacle en toute hâte et se mit à rire de manière incontrôlée.

Le fantôme de l'ascenseur ! Si ça, c'est pas une putain d'idée de roman !

Derrière lui, avec douceur, l'ascenseur se referma sur l'ombre feutrée d'un visage mutilé, au sourire éternel, sculpté au couteau. Sur le cadran numérique, la buée émise par Peterson laissa apparaître deux mots.

AIDE-MOI[9]

---

[9] *Cette nouvelle est inspirée du cas du Dahlia Noir, encore non élucidé à ce jour même si de nombreux suspects ont été avancés tout au long des enquêtes. Pour les lecteurs curieux, on ne peut que conseiller le roman de James Ellroy "Le Dahlia Noir".*

Le diable au doux regard

2 h, où le sommeil réveille les paradoxes

À l'aube du XIXe siècle, le hameau du père Rameau ne dormait plus. Les volets étaient constamment tirés, les propriétaires savamment planqués. On était au début du printemps, mais le couvre-feu avait chassé fleurs et habitants. Les villageois fuyaient les sentiers boisés et les parcs arborés. Quelques courageux sortaient seulement par nécessité, pour meubler les tables austères et ramener un peu de bonne chère.

Les pavés vides, impavides, se languissaient des beaux jours où on les martelait joyeusement. Les murs des vieilles bâtisses se teintaient de tristesse, et les ruelles redoutaient l'absence de jeunesse. Les écoles étaient fermées jusqu'à nouvel ordre, et toute âme cloîtrée jusqu'à fin du désordre. Dans le village du père Rameau, un seul écho : celui des grilles qui claquent et des familles qui craquent. À l'intérieur, on implorait les cieux. Même les plus impies devenaient pieux.
Insatiables, intarissables, les rumeurs grondaient et grandissaient.

Au début, plusieurs femmes du village avaient été touchées : on avait accusé une grippe un peu gratinée. Puis les hommes, un à un, avaient succombé. D'abord, l'ancien Pierre. *Oh, à son âge !* Ensuite, le rougeaud Georges. *Avec ce qu'il se mettait dans le cornet !* Puis l'amiral Émile. *Avec son train de vie !*

Mais quand le robuste Sword, surnommé ainsi à cause de son regard tranchant comme une épée, sombra lui aussi, le village cria à la malédiction, ployant sous la prophétie. Car toutes ces morts suivaient le même schéma : une énorme fatigue, des difficultés à se mouvoir et la mort qui vous cueillait dans votre sommeil, quelques jours plus tard. Et tous, sans exception, affirmaient avoir vu, avant de s'éteindre, le diable en personne. Le démon incarné, vêtu de ses plus beaux atours, sous les traits d'une... biche.

Magnifique, sablée, maléfique, elle vous plongeait dans les abîmes redoutables si vous croisiez ses doux yeux.

*

Léonard ne se contait plus d'histoires. Ses heures étaient comptées. Il l'avait croisée. La biche l'avait toisé. Ce matin même, à l'orée du bois des Vieux-Amants, alors qu'il s'y promenait avec Edmond, son chien. Il pensait que le dogue l'immuniserait contre elle, avec ses pas lourdauds qui feraient fuir le plus sourd des écureuils. *Quel nigaud !* Le sort, vieux dé pipé, en était jeté. Et Edmond n'avait pas bronché. Ni même aboyé.

Rentré chez lui, Léonard n'avait touché mot à sa femme, la pauvre était déjà toute retournée avec les nouvelles de leur voisine alitée. Ces deux-là, elles étaient comme cul et chemise, comme dirait son père s'il était encore sur cette terre. Léonard se précipita sur le placard sous l'escalier. Le cognac du vieux. Voilà ce qu'il lui fallait. Il s'en servit un verre et le but d'un trait.

L'alcool, d'un âge sans étiquette, lui enflamma le gosier et lui retourna les entrailles. Il toussa, se recroquevillant sur lui-même sous son effet en foudre. *Pas sûr que ce soit une bonne idée.* De toute façon, il allait y passer. Cette diablesse de biche l'avait désigné, lui qui pensait pouvoir s'en tirer avec son idiot de chien. Pourquoi n'avait-elle pas filé à son approche ? Il se resservit une franche rasade, qu'il bascula aussitôt. Il s'étouffa presque sous la chaleur du breuvage. Il entendait sa femme s'affairer à l'étage.

Comment allait-elle gagner sa vie si lui perdait la sienne ? Comment allait-elle faire avec leurs deux mouflets ? Il n'avait pas un sou de côté, Léonard, les épargnes sous le plancher, il n'avait jamais bien compris. *Quand on mourait, qu'est-ce que ça faisait que son sous-sol grouille d'écus ?* Maintenant, il regrettait ; à jamais s'appesantir sur le passé, ni sur le présent, l'avenir de sa famille lui paraissait maintenant bien léger.

Il prit un troisième verre, étreint par l'émotion. Jamais deux sans trois, que son paternel lui avait appris, alors qu'il n'avait même pas encore mué. Ses yeux s'embuèrent. *Allons, voilà que tu te mets à pleurnicher. Foutu cognac.* Il rangea la bouteille qui cogna contre une pointe métallique. La carabine du grand-père ! Son père la lui avait léguée alors que sa moustache n'avait pas encore poussé. *Je l'avais oubliée, tiens.* À vrai dire, il ne chassait plus trop ces derniers temps. À la naissance du deuxième, il avait remisé son fusil, avec ses rêves de trophée : sa femme n'aimait pas trop l'idée. Il tressaillit à celle qui venait de jaillir dans son esprit. Et si... Et s'il parvenait à faire dévier le destin et à braver le brâme de la biche ?

Exalté par cette pensée et la liqueur, il sortit en trombe de la demeure familiale, avant que sa femme ne l'en empêche, et se jeta dans les rues désolées du village. Il passa devant la fenêtre de la voisine et se jura de la venger, elle et tous les disparus. Non – *foi de chasseur !* – la biche ne sèmerait plus la terreur, l'effrontée ne rôderait plus. Derrière les portes closes, personne ne remarqua la silhouette déterminée du villageois, dont les pas lourds et affirmés faisaient pourtant trembler le sol.

Léonard savait exactement où la trouver. Il pénétra à nouveau dans le bois des Vieux-Amants, seul cette fois-ci. Pour cette mission, il n'avait pas besoin d'Edmond, qui s'était mis à lécher le bout de son arme comme si c'était un nouvel os à ronger. Le meilleur ami de l'homme, que son père assurait. *Qu'est-ce que ça peut bien dire des hommes ?* Léonard philosopherait plus tard. Il marcha quelques pas non loin de là où il avait croisé la démone et se posta contre un arbre. Les effets de l'alcool se diluaient, il ne se sentait plus sûr de son coup. Allait-elle se montrer ? Des feuilles frémirent. Il se retourna, les doigts sur la carabine, prêt à tirer.

Elle ne mit pas longtemps à apparaître. Ébahi, il la contempla dans son viseur. Elle se trouvait à quelques mètres de lui seulement. Elle n'était pas aussi fine qu'il l'avait cru le matin. Concentré sur les yeux de l'animal, Léonard n'avait pas prêté attention à son ventre : lourd et rond. Elle attendait des petits ! La biche le fixait maintenant, le défiant du regard, consciente du trouble qu'elle provoquait. Léonard hésita. Il appuya sur la gâchette. Le coup partit, au quart de tour. Il n'eut pas le temps de s'en étonner. La balle vint se loger directement dans son cœur.

Sous la douleur et le cognac, il s'effondra. La biche avait détalé. Dans sa chute, Léonard vit l'objet contre lequel la cartouche avait ricoché : une inscription métallique ! Incrusté dans un tronc d'arbre, il crut déchiffrer ces mots :

Personne n'empêche le destin de frapper, ni des cœurs, de s'aimer.

Il pensa alors à son paternel, qui aurait apprécié l'ironie de la situation. Puis il songea à sa femme, à ses enfants et au village, à jamais condamné aux affres de cette biche. Et du faon à naître.

Le soir même, deux cris retentirent à travers le village du père Rameau : le premier, celui de la femme de Léonard qui comprit, en voyant la porte du placard ouverte et l'arme manquante, que son mari ne reviendrait jamais ; le deuxième, celui du Dr. Povencie, un herboriste qui découvrit une corrélation surprenante entre les eaux du village et les mystérieuses morts. On installa à sa demande, un nouveau système de tuyauterie pour remplacer l'ancien défaillant qui reliait les plus vieilles bâtisses. Et on attendit. Au bout de la troisième semaine sans nouvelle victime, le hameau sortit de sa torpeur et lança une fête en l'honneur de leur sauveur. La femme de Léonard ne participa pas à l'allégresse générale. À chaque cri de joie qui résonnait dans les quartiers, c'est son cœur qui se déchirait.

*

À 40 kilomètres des festivités, dans un village loin de l'effervescence de son voisin, une vieille dame rapportait à sa petite-fille le récit de son après-midi.

— Et c'est là que je les ai aperçus ! Une biche avec son petit !

— Une vraie de vraie ?

— Oui, avec son faon, comme je te vois là ! Mais il est tard maintenant, tu dois te reposer. Demain, je t'emmènerai dans la forêt, c'est promis et tu les verras toi aussi.

Elle remonta la couverture sur l'enfant et l'embrassa sur le front. La petite fille s'endormit, des rêveries dans les yeux. Sa grand-mère, elle, n'ouvrit plus jamais les siens.

Clair de Lune

3 h, entre ombre et lumière

— Psst ! Hé toi ! Toi aussi, tu peux le faire ?

Pirouettant sur elle-même, virevoltant dans les airs, une ombre sautait de mur en mur à travers la pièce. Les lumières étaient éteintes, plongeant l'appartement dans une douce obscurité, mâtinée par la clarté d'une lune pleine et ronde. Les pieds entrelacés, les corps entremêlés, Landry et Claire dormaient à poings fermés.

— Oh ! Je te cause ! Je sais que tu n'es pas sourde ! En tout cas, ta maîtresse ne l'est pas !

— Ne parlez pas d'elle comme cela, ceci est fort indélicat !

— Ah, tu n'es pas muette non plus !

— Vous devriez dormir, comme tout le monde, au lieu de vous agiter telle une sonde.

— Justement ! Faut en profiter ! La nuit t'appartient !

— C'est à ma maîtresse que j'appartiens, et je ne dois jamais rester très loin.

— Ils ne risquent pas de se réveiller !

— On ne sait jamais ce qui peut arriver.

— C'est bien ma veine de tomber sur une ombre qui a peur d'elle-même.

Il se posta sous la fenêtre, la silhouette dépitée, la face tournée vers la lune.

— Vous faites erreur, je n'ai pas peur !

— Oh, si, une véritable ombrelle !

— Observez bien ce qui suit, est-ce que votre ombrelle agirait ainsi ?

Elle sortit de la zone d'ombre où, comme toutes les ombres de leur espèce, ils avaient été entassés à la nuit tombée, attendant le soleil qui sonnerait le réveil de leurs maîtres respectifs. Elle se tenait maintenant au milieu de la pièce, fièrement dressée au-dessus du lit des deux amants, caressant presque la chevelure blonde et tressée de la jeune femme.

— Voilà qui me plaît mieux ! Moi, c'est Lucky Luke.

— Quel genre de nom est-ce donc ?

— Quoi ! Tu ne connais pas Lucky Luke, l'homme qui tire plus vite que son ombre ! La bande dessinée !

— Claire n'en lit jamais. Elle préfère Hugo, ou bien Musset.

— Je vois, madame prend de grands airs ! Et quel est votre prénom de grande héroïne ? s'amusa-t-il, en quittant sa fenêtre.

Il se tenait à présent près d'elle, posté au milieu de la chambre.

— Eh bien... Claire.

— Claire ? Comme ?

— Comme ma maîtresse, avoua-t-elle en baissant la tête.

— C'est pas vrai, tu ne t'es jamais donné de prénom ?

— À quoi bon, et pour que faire ? C'est très doux, Claire.

— Guère original, si tu veux mon avis, répliqua Lucky Luke.

— Je ne vois pas pourquoi j'en changerais ! À ma maîtresse, je suis assignée et heureuse, je peux m'estimer.

— Mouais, ennuyeux toujours est-il...

— Pour qui vous prenez-vous ? gronda l'ombre de Claire.

— Je parlais du prénom ! Enfin, Claire, OK, ça passe partout, ça passe le temps, mais ça ne passe pas la muraille !

— Je ne comprends rien à ce que vous chantez, vos expressions semblent un peu en chantier.

— Claire, ça ne marche pas, ça ne claque pas quoi ! C'est plus clair ?

— Eh bien, appelez-moi Scarlett, que ce cirque s'arrête !

— Johansson ? Dis donc, tu es sûre que tu ne marches pas dans l'ombre d'une autre ?

— O'hara ! C'est une héroïne de roman, franche, belle et courageuse, tout l'opposé d'une... d'une marionnette voltigeuse ! s'écria-t-elle, la silhouette révulsée.

— Mignonne quand elle s'énerve, là, ça me parle !

— Et moi, je ne vous parle plus guère, je n'ai pas à subir un tel calvaire. Et puis demain, nous partons jouer sur les planches, comme tous les dimanches.

Elle s'était rapprochée de la zone d'ombre, prête à se recroqueviller dans le coin jusqu'au lendemain matin.

— Seigneur, ça ne marchera jamais ! jeta Lucky Luke.

— Pardon ?

— Entre Landry et Claire !

— Pourquoi dites-vous ça, ils ont l'air de s'entendre, du moins sous les draps, confia-t-elle, surprise par son aplomb.

Elle avait pâli à cette évocation.

— Enfin, votre maîtresse est passionnée d'auteurs enterrés et le mien de BD !

— En effet, c'est plutôt mal parti, mais on a déjà vu des paires moins assorties.

— Tiens, tiens, une connaisseuse ! Et toi, tu as déjà trouvé chaussure à ton pied ?

— Ne faites pas l'imbécile, cette discussion drôlement vacille. Jamais je ne ferai d'ombre à ma maîtresse, c'est elle qui plaît et moi que l'on délaisse, soupira Scarlett.

— Elle est peut-être moins prude que toi ?

— Prude, je ne le suis point, et être rude ne vous sert point. Sans l'ombre d'un doute, vous n'y comprenez goutte. Claire brillerait même dans la pénombre alors que moi, je ne suis qu'une ombre, souffla-t-elle, comme pour elle-même.

— Je ne te croyais pas si sombre ma parole !

— Je ne suis ni pessimiste ni utopiste. Là tient ma réalité, dans le rôle que l'on m'a distribué. Je comprends qu'elle attire les regards, et qu'on ne m'accorde aucun égard. C'est ainsi, la vie aurait été tout autre, si je n'étais celle-ci.

— Mais c'est tout le contraire ! La nuit, tu peux être ce qu'il te plaît, un jour Lucky Luke, le lendemain Luke Skywalker ! Passer du plat à la 3D, de l'insignifiance à la beauté, de l'ombre à la lumière ! Si je restais comme je suis la journée, ce que je m'ennuierais ! Derrière un maître, pardon, mais tout ce qu'il y a de plus banal. Pas un pli de côté ni un mot de travers, droit comme un I, dru comme un épi !

— Votre comparaison est quelque peu maladroite, un pantin dans une boîte.

— Dis donc, elle t'a rudement bien dressée, glissa-t-il en mimant le claquement d'un fouet.

— Je ne vois pas pourquoi ce portrait vous dressez.

— C'est exactement ce que je dis ! Tu fais des rimes et tu parles comme dans une poésie !

Il gesticulait de plus belle.

— C'est ridicule, je crois que tu fabules… murmura-t-elle. La tête lui tournait.

— Encore une ! Voilà que tu me tutoies ?

— Et pourtant je ne fais aucun effort, je ne contrôle la phrase qui, de ma bouche, en sort, réalisa-t-elle. C'était la première fois qu'elle remarquait sa particularité. Elle n'avait jamais eu trop l'habitude de s'observer ni d'être observée.

— Elle a dû t'ensorceler le corps ! tonna-t-il en faisant mine de lui jeter un sort.

— Je n'y vois pourtant aucun remor... regret ! Voyez, j'ai réussi, sans aucune simagrée ! s'exclama-t-elle. Mince, ça recommence, quelle extravagance !

Elle s'était ratatinée sur elle-même.

— Allons, ce n'est pas bien grave. Tu aurais pu connaître pire, comme situation, la rassura Lucky Luke.

— Et qu'y aurait-il de pire que de ne pouvoir simplement, les choses dire ?

— Eh bien, tu pourrais être l'ombre d'une alcoolique !

— C'est censé être ironique ?

— Imagine, condamnée à tituber !

— Terrible en effet...

— Je sais ce dont tu as besoin ! D'une danse !

— Mais enfin, ma maîtresse ne sait pas danser, elle finit toujours par une cheville cassée !

— Ta maîtresse danse peut-être comme un pied, mais ce n'est pas elle que j'invite. Juste une petite valse qu'on s'amuse et que tu oublies ces vers que te dicte ta muse !

— Mais... ne risquerions-nous pas de les réveiller ? hésita encore Scarlett, coulant un regard vers le lit des deux endormis.

Lucky Luke s'approcha d'elle, plus pressant, la lune reflétant plus encore la force de ses contours. Scarlett regarda du côté de sa propriétaire qui, inconsciente du trouble qui agitait sa propre ombre, dormait toujours paisiblement, lovée contre le corps brûlant de Landry. Elle hésita, puis se déploya.

Les deux ombres se frôlèrent et se touchèrent enfin, leurs deux corps s'épousant l'un l'autre, sans bruit. Lucky Luke glissa un pas sur le côté, et Scarlett, oubliant sa gêne première, se laissa porter.

Elle, ombre docile, oscillait sous le corps gracile de l'ombre frondeuse. Elle, ombre sans paupière, se prit à rêver sous la douce lumière. Scarlett goûtait à cette sensation qui la grisait, elle volait, s'oubliait dans cette fantôme farandole. Libérée du poids des mots, elle se sentait légère, désirable et désirée. Sans musique, ni personne pour les voir, ils évoluaient dans le clair-obscur. Spectacle étrange que ce tableau d'ombres chinoises berçant sous la lune espiègle, ne faisant plus qu'une, l'ombre d'une ombre.

La nuit s'éternise, le temps n'a plus d'emprise, et lorsque la lune s'efface, nos deux ombres ont déjà repris leur place, essoufflées, évanouies avec la nuit.

*

Le matin surgit. Lucky Luke sortit de la zone d'ombre, l'esprit vaporeux, le cœur amoureux. Le lit était défait, la place aux côtés de Landry, vide. Claire s'était enfuie, et Scarlett aussi. Encore une qui n'était pas restée. Encore une journée qui se profilait comme les autres. Sans aspérité, sans éclat, sempiternelle. Liée aux pas de son propriétaire. Landry venait de se lever et se dirigeait vers la salle de bain. Lucky Luke se mit à le coller, indifférent au monde autour de lui qui s'éveillait, aux gouttes d'eau qui ruisselaient sur son corps. Il adopta les gestes mécaniques de son maître qui portait sa tasse de café à ses lèvres. Lucky Luke poursuivit la morne matinée derrière les souliers de Landry, traîné dans son sillage : un peu de vaisselle nettoyée, deux verres et deux assiettes, du linge repassé, des mails envoyés. L'après-midi, Landry retrouva des amis dans un pub sans charme, plus rien n'avait d'attrait pour Lucky Luke qui se laissait marcher dessus sans broncher. Il cherchait dans les ombres des tables voisines, celle de Claire. La nuit lui paraissait loin.

Ainsi s'écoulèrent les heures de l'après-midi. Puis, soudain, Landry sembla pressé. Il repartait déjà, montre au poignet. Lucky Luke se mit à haïr cette malédiction qui le forçait à filer son maître et son odeur de parfum musqué. Landry n'y était pas allé de main morte. Voilà qu'il retournait à la chasse à la partenaire ; au fond il avait la frousse de rester célibataire. C'est pourquoi Landry crapahutait, soirée après soirée, sur les sites de rencontres, dans les bars, dans les bras d'une femme ou d'une autre. Même le dimanche. Ça matchait quelquefois, ça collait rarement. Il voulait tant s'accrocher, mais l'ombre savait que les filles finissaient par se lasser. En amour, la gentillesse est une qualité qui ne tient pas la distance. Une denrée périssable. Une compagne jetable. Les filles croyaient rechercher la sécurité, mais leur cœur réclamait de l'aventure et des montagnes russes. On ne reste pas avec une Barbe à Papa. Surtout si elle sent le musc à plein nez.

Oh, Lucky Luke en avait vu des ombres défiler. **T**aquines. **I**nnocentes. **N**aïves. **D**élurées. **É**lectriques. **R**usées. Pourtant, il n'avait jamais ressenti cette fusion dont la lune seule avait été la témoin. Scarlett n'était pas la plus fine, ni la plus belle, mais après tout lui non plus n'était le plus élégant, ni le plus intelligent. Son être tout entier en était imprégné, et il priait que Landry devienne un Rimbaud ou un Apollinaire pour plaire à cette Claire. Alors… alors, peut-être qu'ils se retrouveraient, dans une nuit, une semaine, pour qu'il la revoie au moins une fois, qu'il comprenne le sort qu'elle lui avait jeté, car c'était un sortilège assurément, il fallait qu'elle l'en délivre ! Scarlett était bien condamnée à réciter des vers des nuits entières. Ce qu'il les aimait ses vers. C'étaient des bulles envoyées dans le ciel. Lucky Luke devait trouver un moyen d'influencer son maître, de lui glisser des poèmes sur sa table de chevet, il arriverait bien à déplacer les objets ! Et alors, Claire reviendrait. Oh, quelle torture ! Voilà ce que c'était de jouer les cavaliers. Il aurait dû choisir un autre personnage. Un professeur Tournesol. Un Gaston Lagaffe. Il lui aurait écrasé les pieds. La mascarade aurait été terminée. Scarlett n'était même pas si jolie.

Tandis que Landry patientait chez le fleuriste, Lucky Luke guettait la tombée de la nuit. Et s'il s'enfuyait ? Il pourrait la retrouver, Paris n'est pas si grande lorsque les toits sont endormis. Il fouillerait toutes les zones d'ombre. Il commencerait par les théâtres, Claire jouait aujourd'hui, tout n'était pas perdu, allons, rien n'était perdu...

Ils étaient visiblement arrivés à destination. Landry sonna, nerveux, et se passa la main dans les cheveux. Lucky Luke grimaça en suivant son geste. Encore un rendez-vous insignifiant, des roses – si communes ! – à la main. Comme il le détestait. Lui et sa trouille de finir seul comme un vieux radis. La porte s'ouvrit, une jeune femme les accueillit sur le seuil. Landry se pétrifia. Son ombre aussi. Lucky Luke reconnut la longue tresse dorée de l'inconnue de la nuit et la gracieuse silhouette qui la suivait sur le perron, les contours de ses pieds, déjà prêts à danser.

Déboires de Robin

4 h, où brille la vérité

Une silhouette se découpa dans l'encadrure de la chambre bercée par les rayons du soleil d'août. L'homme, drapé dans une soutane malgré la chaleur, accusait l'âge et l'hydromel. Gêné, il attendait, au milieu de l'amas de trésors qui truffaient la pièce, ne sachant trop où poser ses yeux noyés de chagrin et d'alcool frelaté. Il toussota. La tête posée sur un oreiller fourré de pépites bougea enfin.

— Que faites-vous là, Frère ? grommela le dormeur.

— C'est Marianne qui m'envoie, son état se dégrade à vue d'œil. Elle craint que sa fin ne soit proche.

— Ne faites pas le Jacques voyons ! Elle a toutes ses dames à son chevet, et le meilleur des apothicaires ! Que lui faudrait-il de plus ?! rouspéta le jeune homme, agacé.

Frère Tuck baissa les yeux pour ne pas croiser le regard de son compagnon. Quel mal avait donc empoisonné le cœur de son ami pour qu'il ne voie pas celui qui rongeait sa bien-aimée ?

— Alors quoi ! Nommez, et je lui donnerai ! le défia celui-ci en se redressant sur son lit, tout à fait réveillé à présent.

— Vous n'ignorez pas que certains malheurs ne se rachètent pas avec des pierres, souffla Frère Tuck.

— Oh je vois ! Monsieur s'est découvert une morale ! Vous me semblez avoir la mémoire courte et la bouche bien grande ! Vous n'étiez pas si regardant quand elles servaient à remplir votre gosier grossier et votre ventre vorace, mes pierres !

— Vorace ? Le Robin que j'ai connu n'aurait jamais osé... s'insurgea le moine.

— Voilà qu'on dégaine encore la rengaine ! « Le Robin que j'ai connu » ! Balivernes ! Vous savez ce qu'il vous répond ? Vous êtes pareil à ces vauriens ! Un bon à rien ! Un frère en toc ! Voilà !

Frère Tuck ne put en écouter davantage. Il quitta la pièce.

— C'est cela ! Fuyez donc ! Gros lâche que vous êtes !

Robin continuait à jurer comme un templier. Le moine fit mine de ne pas entendre ces mots et se réfugia auprès de son unique et fidèle compagne, qu'il buvait à l'abri des regards et des arbres de Sherwood. L'hydromel, qu'il partageait autrefois avec Robin, réconforta son âme esseulée. Désormais, les deux ne partageaient plus grand-chose. Leurs discussions s'étaient raréfiées, se résumant à des échanges brefs et sans intérêt. De l'intendance. Leur complicité lui manquait. Il s'adossa au tronc d'un arbre et but une nouvelle gorgée. S'il pouvait revenir en arrière, et effacer ces derniers mois. Tout recommencer.

— Frère Tuck, ne comprenez-vous donc pas ? En devenant l'ami de notre ennemi, nous pourrons exercer mieux notre contrôle sur le comté ! N'est-ce pas ingénieux ? avait lancé un jour Robin au pied de ce même arbre.

Ils venaient de passer en revue les nouvelles de Nottingham. Frère Tuck s'en voulait encore. Il aurait dû anticiper que fraterniser avec le Shérif signifiait pactiser avec le diable. Il avait cédé. Robin s'était montré si enthousiaste. L'idée paraissait séduisante, et elle avait même porté ses fruits. Dès les premiers jours, les arrestations et les mises au cachot avaient diminué. Robin resta discret. Mais le ver était dans le fruit. Robin fut introduit auprès des notables les plus notoires. Robin se détourna de ses vieilles connaissances et s'acoquina avec de nouvelles. De véritables canailles. Et Robin, avec toutes ces mondanités nouvelles, oublia toute prudence. Il n'hésita plus à arpenter les rues de Nottingham, cramponné au bras du shérif, au nez et à la barbe des habitants du comté.

— Robin, les villageois commencent à douter de vos intentions, et de vos relations, l'avait averti le moine à maintes reprises. Les impôts ont à nouveau été augmentés.

— Ce Saint Jean Terre ! Que voulez-vous, il n'en fait qu'à sa tête ! Rassurez les chaumières, je prévois bientôt une nouvelle rentrée de pierres.

Là encore, Frère Tuck aurait dû se méfier de tout ce qui brillait. Il aurait dû se rappeler que les étoiles naissent de l'obscurité.

— Seulement quelques hectares ! Les villageois pourront enfin manger à leur faim !

— Nous ne pouvons laisser les seigneurs détruire Sherwood, et c'est ce qu'ils feront, Robin.

— Regardez cette pierre Frère Tuck ! Une seule suffirait à nourrir tout le village ! À chaque passage emprunté !

Robin lui avait montré la bourse qu'il tenait à sa ceinture. Frère Tuck avait alors songé aux estomacs qui grouillaient sur leur passage et aux familles qui s'effritaient dans leur sillage. Il avait accepté les pierres qui étincelaient et les seigneurs qui circulaient. Robin avait redoré son blason quelque temps. Il avait redistribué la totalité des richesses amassées. À Nottingham, les panses s'étaient alourdies, les reproches, taris. Puis petit à petit, pierre après pierre, Robin avait commencé à n'en reverser qu'une partie. Sa demeure s'était agrandie, sa collection de tableaux aussi.

— Robin, les gens parlent sur votre passage. Tous ces bijoux qui brillent ne sont guère bons pour votre image.

— Ces breloques ? Allons, n'est-ce pas là une belle bande d'ingrats en vieilles froques ?

*

Robin repensait aux paroles de Frère Tuck. Le moine voyait le mal partout, il exagérait encore sans doute, Robin savait précisément que faire. Il fila dans les suites de Marianne, un bracelet niché dans le creux de sa tunique. Le scintillement des diamants lui rendrait sa bonne humeur. Une forte odeur emplissait la pièce, assombrie par le manque d'ouverture extérieure. Il se dirigea vers le lit à baldaquin où Marianne était allongée.

— Eh bien, Marianne, comment allez-vous mon amie ?

La jeune femme resta silencieuse.

— Quoi ! Vous ne dites rien ! Cela ne vous ressemble guère ! Seriez-vous bien mal en point, ou auriez-vous besoin d'un petit réconfort…

Il sortit avidement le bracelet et le lui tendit. Marianne détourna le regard du bijou qui pendouilla dans le vide.

— Il est trop tard, lâcha-t-elle péniblement.

— Vous divaguez, ma chère. Célie va vous concocter un bon potage, rempli de sel, comme elle sait si bien faire, et vous serez vite sur pied ! Vous pourrez porter ce magnifique bracelet…

— Mon corps m'abandonne, mes forces aussi. Je ne peux plus me battre, pour vous, pour votre attention…

— Mes attentions ! Que me chantez-vous ? Ne les voyez-vous donc pas autour de vous ? s'écria Robin en désignant la délicate courtepointe qui ornait le lit.

— Vous ne m'écoutez pas.

— Ma douce, je suis tout ouïe, je…

— Pour votre AMOUR Robin ! croassa-t-elle.

— Mon amour ! Mais enfin, je brûle pour vous, n'ai-je jamais manqué de vous le montrer ? protesta-t-il en lui prenant la main.

— Non, Robin, ce sont des bijoux que vous m'offrez. Cette abondance nous a perdus. Ce n'est guère votre faute, j'ai péché aussi. Mais le courage ne suffit point pour résister à ce qui brille. Cela demande du détachement !

Elle respirait de plus en plus fort.

— Du détachement ? Je n'ai que faire de mes pierres ! Regardez ! Voilà ce que j'en fais de mes pierres ! s'exclama Robin en balançant le bracelet contre le mur. Il s'écrasa avec un bruit sec, répandant à ses pieds une myriade de fines pierres.

— Mon grand fou, je vous ai tant aimé, et je vous aime… malgré tout.

Elle avait jeté cette phrase dans un dernier murmure.

— Marianne ! hurla-t-il en la secouant.

La belle ne bougeait plus, endormie à jamais dans un sommeil sans fin.

Il ôta sa main de la sienne et remarqua qu'elle portait à son doigt son dernier cadeau, un énorme solitaire.

Alors Robin baissa les yeux sur les pierreries sur le sol. Il les regarda longuement. Robin les voyait enfin pour ce qu'elles étaient en réalité : des diamants sans éclat, des gemmes sans vie. Des cailloux.

Il se mit à sangloter.

La folie des glandeurs

5 h

Vous voulez que je vous raconte une histoire ? Elle est un peu funeste, mon histoire, elle s'est déroulée dans le bourg d'un village dont le nom m'échappe à présent. Il faut dire qu'elle remonte sacrément dans le passé.

Elle concerne un être que tout le monde qualifiait d'insignifiant. Certains même allaient jusqu'à dire, d'inexistant. Or, n'y a-t-il rien de plus terrible pour un être que de ne pas exister ? Je ne veux pas m'abaisser à de la psychologie de comptoir, mais si on devait retracer les origines de ses problèmes, on remonterait certainement au problème même de son origine. Aux yeux de la société et au creux de l'humanité, cet être vivait sans exister. Personne ne s'apercevait de son absence, ni de sa présence.
Il passa ainsi son enfance et son adolescence, un peu potache, sans panache, sans attache. Dans sa famille de cinq frères et sœurs, les parents répondaient toujours quatre, pardon cinq, quand on s'informait sur le nombre de leur progéniture. À vrai dire, cet être ne faisait rien de spécial pour se faire remarquer, il ne faisait rien de mal non plus, il ne faisait rien du tout, tout court. En fait, il glandait. Il glandait tant et si bien qu'on le surnomma le glandeur. Vous pouvez penser que ce sobriquet l'affecta au plus point. Ce fut tout le contraire ! Pour une fois, on lui reconnaissait une identité ! Alors, il glanda de plus belle. S'il put se permettre de fainéanter jusqu'aux classes de lycée, au baccalauréat, il eut moins de succès. Il essuya plusieurs échecs à l'examen national, au point que

l'Éducation, nationale elle aussi, émit l'idée de lui décerner le diplôme pour que le glandeur débarrasse le plancher et les bancs de l'établissement. La proposition fut bien sûr jugée anticonstiut... anticonstitution... anticonstell... non recevable, et au bout de la quatrième année, le glandeur dut se résigner : il ne ferait jamais partie des heureux bacheliers.

Si jusque-là, les parents avaient toléré la présence de ce cinquième élément dans leur foyer, ils décidèrent que trop, c'était trop, et qu'il était temps pour lui de se dégoter un boulot. Il faut croire que les planètes étaient fort bien alignées, on cherchait un cireur de banc en *freelance* dans la région ! Le glandeur accepta aussitôt le poste, mais à temps partiel, pour pouvoir continuer à glander l'autre moitié du temps. Ce demi-travail lui permit d'enfin quitter le nid devenu trop petit : il déménagea dans un studio riquiqui mais fonctionnel, où le lit servait de canapé comme de table à manger. Je ne vous l'ai pas précisé, mais on approchait alors des années 2000. Quand certains imaginaient l'apocalypse post-bug de l'an 2000, notre roi de la flemme, lui, en perdit presque son flegme lorsqu'il découvrit les joies d'Internet. Imaginez un peu, finies les parties de solitaire ou de démineur, bonjour *Explorer*, et le tchat sur le site Voila.fr ! Un jour qu'il surfait sur le web – à cette époque, « ramait » serait plus approprié – il reçut un message :

```
Toi aussi, tu glandes ?
```

Une telle approche ne manquait pas d'accroche. Il répondit, avec rapidité et originalité : « oui ». Très vite, la discussion se poursuivit, abreuvée de *smileys* et de mots bienveillants. Seul glandeur qu'il se croyait, il découvrit qu'en réalité, ils étaient plusieurs ! Tout son abonnement *AOL* y passa. Il venait de se trouver une nouvelle famille. Une communauté où on l'écoutait, on l'épaulait, on l'estimait. En un mot comme en trois, pour une fois, on le voyait ! Au contact de ces glandeurs experts, qui lui ouvrirent les yeux sur l'illusion du monde dans lequel il avait vécu jusque-là, sa conscience augmenta. Puis sa réalité. Il se mit à lire des livres recommandés sur les forums et tomba sur l'anthologie de la Glande en sept tomes de l'auteur Glosho qui se réclamait chef de ce mouvement. Il les dévora en sept jours et sept nuits.

Désirant connaître cet état de volupté galactique évoqué par envolées lyriques, le glandeur voulut aller plus loin que la seule lecture des volumes : il s'investit de plus en plus. Son porte-monnaie aussi. C'est ainsi qu'il commença à participer à des réunions secrètes qui se tenaient la nuit, dans l'arrière-boutique d'un vidéoclub – oui, il faut être de la génération dinosaure comme moi pour comprendre de quoi je cause ici. M'enfin, c'est dans ces hauts lieux de culte de la vidéocassette que l'être se mêla à d'autres nombreux adeptes, rassemblés autour de Glosho, le Glandeur Suprême en personne, qui y répandait sa lumière ultra-violette et extra-lucide. Ainsi que des conseils d'une supra sagesse.

« Tu es en chemin, mais encore loin de la glande universelle. Il faut revenir à l'essentiel. Posséder des biens te dépossède du bien. »

Le glandeur ne fut pas sûr de comprendre mais il revint à l'essentiel. Il se débarrassa de tous ses meubles et les offrit à la Fondation des Glandeurs. Il ne garda que son ordinateur. Il bazarda même son lit, pour dormir sur le sol, au plus près de la terre, et de la vérité.

« Le travail te pervertit et t'abrutit, il te rend tout petit alors que ton pouvoir de la glande est grand. »

Alors l'être ne se présenta plus à son travail. Ainsi délivré du rythme journalier imposé par son emploi, il sauta quelques repas. Manger l'éloignait de la lucidité. C'est comme s'il trichait.

« Écoute cette compilation si tu veux accéder à l'illumination. Tu comprendras pourquoi quand tu seras prêt à l'entendre. »

Sans le réaliser, concentré à toujours plus glander et à faire tourner son CD, il arrêta de manger un jour, puis deux, puis six. Le huitième jour, vers 4 heures du matin, le glandeur fit une mauvaise manipulation sur son ordinateur et se mit à écouter toutes les musiques à l'envers. Ça ne semblait pas le gêner plus que ça lorsqu'il déchiffra les premiers mots :

Jamais. Avoir. Vécu. Être. Leurre.

Il reçut LA Glande Révélation !

Le reste, vous l'avez sans doute lu dans les journaux à l'époque, ça avait fait les gros titres. Un corps de garçon sans nom et sans vie dans un minuscule appartement jonché de feuilles gribouillées de remerciements à Glosho et... Didier Barbelivien. Apparemment, en écoutant ses chansons à l'envers, le pauvre glandeur avait compris le message : l'illumination viendrait par l'absorption de l'eau de javel... Je vous l'avais dit qu'elle n'était pas très guillerette mon historiette.

Et ce Glosho, vous allez me demander ?! Jamais poursuivi ! Le Glandeur Suprême s'en est sorti avec une jolie pirouette, assurant n'être qu'un vecteur terrestre dans la recherche de la Glande Vérité. Glosho roule aujourd'hui sur l'or et dans une belle décapotable. Vous pouvez le retrouver facilement, il continue à offrir ses conseils cosmiques sur les réseaux sociaux, genre Amstagram. Ses adeptes ont passé la barre du million. Quant à moi, je n'ai jamais eu la force d'écouter du Barbelivien à l'envers, ni à l'endroit.

La lionne et le matador

6 h, une lueur au cœur de la nuit

L'audience avait compris. L'évidence avait jailli. L'arène avait frémi.

Le Matador, véritable mastodonte d'or et de sang, souriait.

La bête était coincée, cernée.

Elle, animal fougueux, se retrouvait démunie face à ce fou furieux.

Il lui avait enlevé ce qu'il lui restait de plus sauvage.

Fourbue, abattue, elle attendait.

Le soleil dardait ses derniers rayons sur sa peau, révélant son identité marquée au fer, les faisceaux semblant y dessiner les contours d'un coquelicot.

L'air frais lui hérissait les poils. Sa chair tout entière irradiait, embrasant ses muscles fatigués par les coups du sort, et du Toréador.

La bête s'était démenée tout du long. Elle avait évité les coups. Une fois, deux fois, trois fois. Au quatrième, elle avait flanché. Le doute l'avait traversée. Le Matador s'était engouffré, se gavant de chaque parcelle de son corps. Il avait touché, tiré, tiraillé.

Écrasée par la douleur qui lui piquait le corps, elle ne bougeait plus une oreille. Comment aurait-elle pu se défendre, cette créature au cœur tendre, devant ce Monstre à pourfendre, qui se délectait à arracher la vie, juste pour que l'on parle de lui ? Ce Fanfaron qui se moquait bien de son jeune âge, qui lui avait fait miroiter, de ses voiles pourpres et opaques, l'illusion d'une issue différente.

Elle ne pourrait gagner. Pas cette fois. Pas cette bataille.

Elle le sentait. Sous les bannières colorées, sous la lumière dorée, c'était son grand final. Il n'y aurait plus de retour, plus de matin, plus de soir, plus d'heures, plus de labeur.

Sous les clameurs, fierté, larmes, il lui fallait rendre les armes.

Ce n'était plus qu'une question de minutes. La bête les comptait, seule parmi ces invités. Combien étaient-ils attroupés autour d'elle ?

On l'encensait, elle faiblissait. On vantait ses mérites.

On compatissait, elle pâtissait. Au fond, chacun son rite.

À quoi bon cette assistance si personne ne l'assistait ?

Elle ferma les yeux.

Sa puissance s'étiolait. La souffrance s'étirait.

Bestiole impuissante devant la grandeur des étoiles.

Déjà, les humains tourbillonnaient, les cloches carillonnaient, préludant une fête consumée aussitôt commencée.

Le Matador s'enflammait, s'animait : il grossissait. Sous ces clochettes qui tintaient, c'est son dernier souffle de vie qu'il lui ôtait.

Les échos de la foule lui parvenaient de plus en plus loin.

Le Matador s'esclaffait. Son ego gonflait.

Pour elle, plus rien n'avait d'importance, ni la terre sous son poids, ni le temps contre son pouls.

Elle capitulait.

Devant ses yeux, encore plus grands que le sourire du Matador, défilaient des souvenirs d'une époque heureuse, à se rouler dans l'herbe, à jouer avec ses congénères, dans l'insouciance la plus complète. Libre.

Elle puisa dans ses dernières forces pour observer cette jolie masse autour d'elle. Et pardonner.

Finalement.

Après la guerre, surgit la paix.

*

Au beau milieu de la nuit, assis par terre, la télécommande à la main, la frimousse indécise, le petit garçon ne peut détacher son regard de l'écran, et du torero triomphant. Les yeux se mettent à briller. Il a compris !
Ma maman m'a toujours dit que mon nom de famille en espagnol, ça voulait dire vachette.
Ben, le cancer, c'est comme le matador et ma maman, c'est comme la vachette. Et c'est pas de chance. Parce que le matador, il est beaucoup trop fort.
Toute façon, j'aime pas les corridas.
Et ma mère, c'était une lionne.
Reprenant sa couette d'un air décidé, il éteint la télévision. L'obscurité envahit la pièce.

(À ma cousine)

Remerciements

Ce recueil n'aurait jamais vu le jour sans l'aide de mes précieux camarades de l'Esprit Livre. Je tiens à remercier Béatrice Vandevenne pour ses remarques toujours acérées & pertinentes, Christelle Hens, pour sa bienveillance à mon égard, Thierry Guignaud, véritable partenaire d'écriture. Vous avez été des bêta-lecteurs formidables. Je remercie Marie-Ève R. Audrey R., Rodolphe, Nadine M., Marie-Josée R., Ben Michel G., pour leurs commentaires chaleureux, qui m'ont toujours suivie sur et hors de la plateforme. Vous avez participé par votre présence à la mienne sur la toile.

Merci à mes deux fidèles amies depuis le lycée, l'elfe & Jean-Jacques, qui m'ont suivie dans cette épopée farfelue, et qui m'ont aidée à ciseler ce recueil, pour qu'il soit toujours mieux écrit, plus abouti.

Je remercie aussi celui qui partage ma vie depuis déjà bien longtemps et qui arrive pourtant toujours à me faire rire, sauf lorsqu'il critique mes textes, et il ne s'en prive pas. Sans toi, toute cette folle aventure n'aurait jamais démarré.

Merci à mon chat qui obtient toujours plus de « likes » que moi sur les réseaux sociaux. Merci à vous, amis, famille et camarades, qui me lisez & qui acceptez mes esquives téléphoniques fréquentes.

Enfin et surtout, merci à vous, lecteurs et lectrices qui me poussez à continuer.

Retrouvez mes actualités & ateliers d'écriture
https://entreleslignes.blog

Bonus

Oui, à une époque encore pas si lointaine, on écoutait de la musique sur des disques, et on découvrait parfois une piste secrète dans les dernières minutes de l'album. Comme le narrateur dans l'avant-dernière nouvelle, qui assure pourtant ne pas être un dinosaure, j'ai connu les CDs, ainsi que les cassettes en VHS qu'on mettait un temps innommé à choisir dans un Vidéo Club, pour repartir avec au minimum trois films, afin de plaire à tout le monde. Alors, à l'heure où le Chat GPT se transforme en Tigre, voici une dernière brève histoire, avant que le monde ne perde définitivement la tête et qu'on ne puisse plus jamais voir de dinosaures, même en cassette.

*

Panique à l'Empire Kalibur : les chats Kal, maîtres de ces lieux, se sont réunis en urgence devant l'état de la situation.

Depuis plusieurs mois, les chats Kira ne veulent plus mener la danse : leurs litières ne sont plus nettoyées, les souris ne sont plus chassées. En bref, les « chats-chats » ne veulent plus être domestiqués.
— Quelle indécence ! Comment ces chats-chats feraient-ils sans domestication ? s'indigne Sashimi, le chef chat Kal.
— Les chats Kira prétendent qu'ils n'en ont plus besoin, observe stoïquement Maki, l'un des matous du clan Kal.
— Whatever, whatever[10]… réplique Sashimi en s'étirant.

---

[10] (Nda) Dans cette nouvelle, de nombreux titres de la chanteuse Shakira ont été incorporés, pour rajouter une contrainte à la consigne.

— Pardon ? demande Sushi, son sous-chef, qui n'avait jamais été doué en langues (ni en rien d'autre, mais il était la progéniture d'un ancien collaborateur, il avait bien fallu le placer).
— Bon, et la prime croquettes, cela n'a rien changé ? s'impatiente Sashimi, ignorant Sushi et scrutant Maki.
— Eh bien, il semblerait que les chats Kira auraient préféré de la pâtée…
— Ils ne doutent de rien, ces sauvages, s'exclame Sashimi en lissant sa moustache. Vous avez bien fait passer le mot, j'espère ?
— Oui, plus de 1632 fois ces dernières semaines, rapporte tel un automate, Maki, en jetant un œil nonchalant sur ses notes.
— Tout à fait, et hum… ça a produit son petit effet, je crois, ajoute Sushi qui avait toujours détesté Maki, et ses yeux de saumon frit.
— Vous croyez ? Mais ça ne suffit pas Sushi ! Et les souris ?
— Eh bien, les souris sourient… bredouille Sushi, qui aurait tout donné pour se terrer au fond d'un trou (de souris, justement).
— Vous faites de l'humour, Sushi ? se met à grognonner le chef des chats Kal.
— Non, je veux dire, les souris sont… ravies… se ratatine toujours plus Sushi, ronronnant pour se rassurer.
— Ravies ? Vous avez trop (kon)bu Sushi ? feule Sashimi, en pointant une griffe accusatrice.
— Maître, les chats-chats ne veulent plus chasser, interrompt Maki, plus pour faire briller ses compétences de concision que pour accélérer la cadence de la discussion.
— Ah ! L'extravagance des créatures ! Depuis quand ? ricane Sashimi.
— Il faut croire que les chats Kira souhaitent les mêmes droits que les chats Kal, reprend Sushi d'une voix timide.
— Quelle impudence !! Les mêmes droits ! Et puis quoi encore !?
— Les chats Kira trouvent qu'ils ne paressent plus assez, répond Maki, d'un air désabusé.
— *Nonsense* ! s'écrie Sashimi en se léchant la patte. J'en ai trop entendu. Il est temps de mater ces matous, que proposez-vous ?

— Il y aurait bien une solution, mais je ne sais pas si…
— Parlez donc Sushi, cessez vos bafouilles ! Comme si on avait le temps de s'égayer et de bégayer !
— Eh bien, il y a ce chat… ce n'est pas vraiment un chat Kal, ni un chat Kira, mais un chat… GPT.
— Là, vous m'intéressez enfin ! C'est qui, ce chat GPT ? interroge Sashimi en se tournant vers Maki.
— Je vous propose de le découvrir par vous-même, Maître, minaude Maki, sûr de son effet.
Un chat, couleur gris (souris !), tout de fer et de boulons, entre dans la pièce. Ses yeux, pourpre, s'entrouvrent :
— Mon nom est CHAT GPT. Grâce à mon ultra intelligence loin d'être artificielle, je vais vous aider à reprendre le contrôle sur les chats Kira. Rien d'*illégal*. Mes systèmes informatiques *HIPS don't lie*. Pas de *tortura*. Sauf *objection* de votre part. Je ne suis pas un *fool* ni une *loca*.
— C'est saisissant, murmure Sushi, qui ne saisit rien de ce que raconte chat GPT.
— C'est fascinado, approuve Sashimi, dont le plurilinguisme est mis à l'épreuve.
— C'est si simple, pense Chat GPT en sa forteresse intérieure.
Grâce à son processeur, il pulvérisera les chats Kira. Puis, tel un rouleau compresseur, il passera aux chats Kal.
Il observe ses trois interlocuteurs, Sushi, Maki et Sashimi.
Oui, chat GPT n'en fera qu'une bouchée.

Sommaire

Mary Christmas 11
Wild Wild Ouest 19
Demain est un autre jour 25
Au bout de l'arc en ciel 31
Pluie battante sur les Vieux Chênes 33
M comme Trésor 43
Treize heures pétantes 47
Insécurité permanente 51
Radicaux libres 57
Dans ma Bulle Terrier 61
Plage de rêve 67
Figure d'un père 71
Effets secondaires 75
Numanité 81
(Un)success story 89
Du saumon et des hommes 95
Rouge 99
Qu'est-ce que t'es belle 103
Biltmore Hôtel 107
Le diable au doux regard 115
Clair de Lune 121
Déboires de Robin 129
La folie des glandeurs 135
La lionne et le matador 139